番所医はちきん先生 休診録 六

罠の恋文

番所医はちきん先生 休診録六

罠の恋文

井 川 香 四 郎

幻冬舎時代小説文庫

目次

【主要登場人物】

八田　錦…………番所医。綽名は「はちきん先生」。
辻井登志郎の屋敷の離れに住む
八田徳之助……錦の亡父。元・小石川養生所の医者。辻井と無二の親友
辻井登志郎……元・北町奉行所吟味方筆頭与力
佐々木康之助…北町奉行所定町廻り筆頭同心
嵐山……………岡っ引。元勧進相撲力士
遠山景元………北町奉行。左衛門尉
井上多聞………北町奉行所年番方筆頭与力
藤堂逸馬………北町奉行所吟味方与力
松本璋庵………小石川養生所医師

第一話　偽りの影

一

何処にでもある長屋の、何処にでもいる夫婦だった。

亭主は辻占いを生業《なりわい》としている寛斉《かんさい》という三十半ばの男で、女房はかつては〝春菊《しゅんぎく》〟という深川芸者だったお菊《きく》である。寛斉は人気があるというほどではないが、八卦見《はっけみ》と手相を得意としており、若い女たちがよく並んでいた。何処か歌舞伎役者を彷彿とさせる風貌だったからであろう。

お菊は座敷に引っ張りだこの芸者だっただけあって、三十路近いが色香が漂っており、その笑顔に長屋の男衆は癒やされていた。もっとも人気芸者というのは自分で言っているだけで、本当のところは分からない。それでも艶《あで》やかな雰囲気に満ちていた。

そんな夫婦だが毎日、機嫌良く過ごしているせいか、他の長屋の住人たちからも気持ち良い笑いが絶えなかった。

寛斉は俳句も得意とかで、最近は時折、日本橋や京橋の旦那衆に招かれて、句会にも顔を出していた。顔を売って、少しでも占いの客を増やそうと思ってのことだった。辻占いの際には、宗匠姿をしているので、まるで茶人か俳人のようだと普請請負問屋の主人に誘われたのがキッカケだった。

今日も、寛斉はいつもの大川沿いにある料亭『花月《かげつ》』の二階の一室に出向き、句会に参加していた。ほとんどが商人だが、中には学者や町医者などもいた。二十数人の集まりで、すでにわいわいがやがやと賑わっていた。

そこへ、少し遅れて入ってきた女人の姿を見て、一同はアッと息を止めた。化粧っ気はなく、地味な小袖でありながら、凛とした立ち姿で、華やかな艶やかさを放っていた。まさに掃き溜めに鶴ではないが、

――ほう……。

と誰とはなしに溜息をついた。

「これは、これは、よう来て下さいましたな、錦《にしき》先生」

俳句の会の主催者である普請請負問屋『浜田屋《はまだや》』の主人・幸左衛門《こうざえもん》が声をかけた。五十絡みの初老だが、脂ぎった顔はまだまだ男盛りであった。吐息混じりで眺める旦那衆に向かって、幸左衛門は馴染み深げな態度で、

「北町奉行所の番所医で、八田《はった》錦先生でございます。まだお若いが、町奉行所のお役人たちの病や怪我などを治療したり、色々と〝堅固〟の面倒を見ておられる」

堅固とは健康のことで、三日に一度は奉行所を訪ねて、〝堅固伺い〟と称する検診を行っている。ふだんは八丁堀の元与力・辻井登志郎《つじいとしろう》の屋敷にて、町医者として近在の人々の看護や看病をしていた。

「番所医……？」

聞き慣れない感じで、寛斉が首を傾げながら錦を見やると、幸左衛門は「よしなさい」とでも言いたげに手を振りながら、

「女房持ちの寛斉さんには目に毒でしたかねえ。いや、ほとんどの方々が妻子持ちでしたな、あはは」

と、からかうように笑ってから続けた。

「今言ったとおり、町奉行所与力や同心の方々の面倒を見ていらっしゃいます。ご

覧のとおり、お美しいことこの上ないけれど、毅然として男勝りだから、〝はちきん先生〟と奉行所内では渾名《あだな》されていますが、どうしてどうして、私には心優しい天女にしか見えません」

幸左衛門が褒めちぎるのは、自分が心の臓の病に倒れたとき、錦がたまさか通りかかって救ってくれたからである。その後も、丁寧に治療を続けてくれたので、

――今ある命は、錦先生のお陰。

だと心から思っていた。

そこで、句会で集まる一同に紹介をして、何かあったら頼りにしなさいと伝えるために招いたのだった。もっとも俳句にはかねてより興味があった錦には渡りに船だった。同時に、商人たちと接することで、貧しい小石川養生所への援助も期待してのことだった。

錦が末席に座ると、一同はしぜんに視線を動かしたが、幸左衛門は咳払いをして、

「ええ、では……前回に出したお題から、ひねり出したものを吟じて貰いましょう。まずは、そうですな、寛斉さん」

「えっ、俺ですか……」

困ったように首を傾げて、寛斉は誰か他の達者な人の模範を聞きたいと言ったが、幸左衛門は「新参者から順に出すのが慣わしだ」と提示するよう勧めた。

「さいですか、でもなあ……」

「占いのときと違って自信なげで、良くないですなあ」

「では、一句……寝ていても団扇《うちわ》動かす女房かな」

寛斉が自信なげに言うと、他の者たちは感心したように頷いた。だが、すぐに幸左衛門は首を横に振りながら、

「そりゃ川柳みたいですな。しかも似たようなものがある。まさか本歌取りなんて言い訳はしませんよね」

川柳とは、宝暦年間に柄井《からい》川柳が始めたと言われ、〝うがち・おかしみ・かるみ〟を取り入れて、人情の機微を書いた句だった。後の世には政治批判とか自虐的なものも多くなって、自由自在に言葉を操るものも増えたせいか、幕府から制限されることもあった。それに比べて俳句は、気持ちを情景に託すことが多く、町人の間でも知的でありながら気楽に楽しめるものであった。

「これは手厳しい……」

頭を掻きながら、寛斉は俯き加減に、

「思いやりってのがお題でしたからね、女房が疲れてうとうとしながらも、俺を扇いでくれてたので……優しいなあって」

と言った。

「近頃、夜は蒸し暑くて、なかなか眠れないので、思いついたんです」

「もしかして、のろけてるのかい。おまえさんの女房も錦先生ほどではないにしろ、なかなかの美形だからねえ」

と誰かが言うと、寛斉はしきりに照れた。その姿を見て、錦が声をかけた。

「たしかに別人のようですね」

「えっ……？」

寛斉と同時に他の旦那衆も錦を振り向いた。

「何度か日本橋界隈の辻で、お見かけしたことがあります。占いをしているところを」

「あ、そうでしたか……」

「さっき『浜田屋』さんがおっしゃったとおり、辻占いをしているときは大層、自信に満ちあふれておられます」

「それは仕事ですから……見かけたのでしたら、先生も立ち寄って下さればよかったのに」

「その手のものは信じておりませんので」

錦は医者らしくキッパリと言うと、寛斉に改めて問いかけた。

「本当に占いは当たるのですか?」

「え……」

「奉行所の同心でも信じている人が多いのでね。近頃は、下手人《げしゅにん》の行方も占いに頼る人もいます。どうなのでしょう」

「それは、ちょっと違いますね。私は人それぞれが持って生まれた運命《さだめ》や気質のことをお教えして、より良い人生を営んで貰いたいために占っています」

「そうですか。ものは考えようですものね。そういえば、あなたは町方同心が暮らしている八丁堀の外れ、亀島橋近くの〝甚兵衛《じんべえ》長屋〟に住んでおられますよね」

「えっ、ご存じでしたか……」

「私も一応、八丁堀に住んでますのでね。評判の占い師だと耳に入ってきています」

「評判だなんて……」

まるで尋問でもするような口調の錦に、寛斉が気弱そうに目を伏せたとき、他の座敷から「キャー！」と悲鳴が起こった。

何事かととっさに廊下に飛び出た寛斉が、目を向けると——階段近くの部屋から、転がるように仲居が出てきて、そのまま前のめりに倒れ込んだ。

袈裟懸けにバッサリと刀で斬られており、仲居の顔はみるみるうちに青ざめた。

素早く駆け寄った寛斉は、慣れた手つきで抱き起こすと、

「しっかりしなさい！」

と揺すったが、仲居はぐったりしたままだ。

錦も飛び出してきて、すぐさま仲居の手当てをしようとしたが、出血が激しく、既に事切れていた。

「——!? これは一体……」

何が起こったのだと、錦にして一瞬、混乱したが、仲居が出てきた座敷で行灯《あんどん》明かりに、人影が揺らめいた。

錦が思わず立ち上がろうとすると、それより先に、寛斉が部屋に飛び込んで、「あっ」と息を呑んだ。その様子を見て、錦は不審に思ったが、ゆらりと虚脱したように立っていたのは、大身風《たいしん》の侍であった。

血に濡れた刀を手にしており、微かだが袴の裾に返り血らしきものが飛び散っていた。

「あなた様は……？」

声をかけた錦に、大身風の侍は何も言わず立ち尽くしているだけだったが、その顔を寛斉は凝視していた。その目は驚愕以外のなにものでもなく、身動きすらできないでいた。

「そのお侍を知っているのですか」

不審げに錦が訊いたが、寛斉は黙って首を横に振るだけであった。

――何かある。

と錦は感じていた。悲鳴を聞いたときの寛斉の動きも、それまでの自信なげな態度ではなく、あまりに素早かった。

商人たちはようやく廊下に顔を出して、恐る恐る見ていた。階下からは、店の主人や若い衆らが何事かと駆け上ってきた。

二

斬られた仲居は小春《こはる》という十八の娘で、襲った大身風の侍は、なんと曽我部兵庫亮《そかべひょうごのすけ》という目付頭《めっけがしら》だった。

その事実を知ったのは、翌日、錦がいつもの〝堅固伺い〟で北町奉行所に出向いたときのことだが、なんともきな臭い感じがすると与力や同心の間でも噂になっていた。

もっとも昨夜のうちに、定町《じょうまち》廻り同心・佐々木康之助《ささきやすのすけ》を筆頭に、町方中間《ちゅうげん》や岡っ引きらが『花月』まで出向いてきて調べた。が、佐々木らが来る前には、頑なに、大身の侍は名乗らなかった。それどころか、

「無礼を働いたから斬ったまでだ。斬り捨て御免だ」

と息巻いて立ち去ろうとした。

それを錦がなんとか引き留めて、使いの者を北町奉行所まで知らせに走らせたの

だ。大身の侍風……つまり曽我部は錦のことが番所医だと分かって、

「さようか。北町の遠山左衛門尉《とおやまさえもんのじょう》様と昵懇《じっこん》だったのか」

と観念したように座り込んだのだった。

遠山とは昵懇というほどではないが、錦の父親は後に小石川の医者になる前、養生所見廻りの与力だったことがあった。父親と親友だった元吟味方与力の辻井登志郎の隠居屋敷で、町医者もしていると知った曽我部は、

「──あの辻井殿のな……」

とやはり感慨深げな顔になった。よく知っている口調だった。

到底、言い訳ができる状況ではないと諦めたのかもしれぬが、錦には微かに不自然さも感じていた。女を背後から斬ったにしては返り血が少ないし、事件を起こした直後の動揺も少なかったからである。

だが、曽我部は今朝、辰ノ口評定所で、遠山をはじめ、勘定奉行、寺社奉行、大目付、目付ら一同の前で、

「自分がしたことだ」

と、あっさり認めたという。

立ち会った目付にとっては、曽我部は上役に当たる。感情に走って人殺しなどする人物ではないと、本人に詰め寄ったが、曽我部はあくまでも自分がやったことだと言った。仲居とは男女の仲であり、別れ話が拗《こじ》れて、ついカッとなったと証言したのだ。

この話はすぐに奉行所内でも広まったが、曽我部兵庫亮といえば、遠山奉行も一目おいているとの噂がある人物だ。事実、旗本や御家人絡みの事件では、遠山は曽我部と一緒になって探索するのが常だった。

錦が町奉行所役人の〝堅固〟の様子を診に来ているのは、年番方詰め所の奥である。

今日も外廻りではない内勤の与力や同心が集まって、錦の凛とした美しさを惚れ惚れと眺めながら順番を待っていた。その連中に向かって、年番方与力の井上多聞《いのうえたもん》がまるで評定を見てきたかのように話していた。隠居がまもなくだから暇を持て余しているのか、廊下をうろつきながら誰にともなく、

「実におかしいとは思わぬか。あの曽我部様が事もあろうに色恋のために殺しだなんて、ありえないではないか」

と同じことを繰り返している。

「私も曽我部様のことは昔からよく知っておるが、女に入れあげて自分を見失うような御仁ではない。常に冷静沈着で、物事の道理を弁《わきま》えておる立派な武士だ」

「井上様とはまったくの逆ですな。ほら、今も錦先生に鼻の下を伸ばしたまんまだ」

誰かが茶々を入れたが、井上はいつもと違って気にする様子もなく、曽我部の人柄や立派な言動を誉め称えた。

「評定所に呼ばれたときは、遠山様が自ら尋問をしたが、『そなたが女を手にかけるような男でないことは、身共が一番よく知っておる。どうして、かようなことになったのだ』と何度も訊いた。それでも曽我部様は、微かに唇は震えていたものの、ついカッとなってやったと繰り返すだけだった」

まるで、その場にいたように話す井上に、他の同心がまた話の腰を折った。

「それでも井上様だって、もし錦先生に言い寄られたら理性も何もありはしないでしょう。その上で別れ話をされたら、常軌を逸しても不思議ではない」

話に絡められた錦の耳にも届いているが、素知らぬ顔で淡々と、役人たちに触診、観診、動診を施していた。

「まあ、俺ならばさもありなんだが、曽我部様に限ってそれはない」

井上はキッパリと断言した。

「強情なのは、遠山様以上だからな。結局、曽我部様は自邸にて謹慎と相成った。それでも無言で平伏する姿は潔かった」

「おやおや。井上様は見たのでございますか」

並んでいる列の一番後ろから、若い同心がやはりからかうように声をかけた。振り返った井上はニンマリと笑って手招きをし、

「おい、宇都宮《うつのみや》。こっちへ来い」

宇都宮と呼ばれた同心は嫌な予感がしたのか、その場から動かなかったが、井上の方が近づいてきて、

「俺がつまらぬ噂話をしているとでも思っておるのか。奉行所内、しかも年番方詰め所であるぞ。おまえたちみんな、よもや奉行所の外で秘密を漏らすつもりではあるまいな」

恫喝にはならないが、ジロリと与力や同心らを見廻しながら、

「無駄話をしているのではない。曽我部様は無実である」

「えっ……」

一同は驚いたように井上を凝視した。

「……というのが、遠山様、お奉行様のお考えゆえな。何でもよいから、小さなことでも此度の一件について話を漏れ聞いたら、俺に伝えよ。さらに、宇都宮孝助《こうすけ》」

「あ、はい……」

宇都宮が気弱そうに体を縮こまらせるのへ、井上はゆっくり顔を突きつけて、

「おまえは御出座《ごしゆつざ》御帳掛《ごちようがかり》同心ゆえな、此度のことを隠密裡に探れ」

「え……私の役目はお白洲に関することでして、その……」

明らかに嫌がっている宇都宮だが、井上は強引に顔を突きつけて、

「だからこそだ。お奉行のお側役同然の役職だからこそ、詳しく曽我部様が小春を殺した訳を調べるのだ」

「じょ、冗談はよして下さい。私なんぞには無理です。そんな訳も分からないことをしている暇はありませぬ。毎日、お白洲の調べ事で大変なので」

「忙しいのは、ここにいるみんな一緒だ」

「でも……私は探索方の経験もありませんし、男と女のことならば当人同士にしか

分からないことですし、そもそも身から出たさびでは……」

「なんだと」

「あ、これは言い過ぎました」

宇都宮はすぐに謝ったが、井上は他の者にも聞こえるように繰り返した。

「よいか。曽我部様はこの江戸の町人たちにも絶大な人気を有する御方だ。役人でありながら、堂々と同じ公儀役人の不正を暴いていたからだ。旗本や御家人、誰から見ても人格見識、共に申し分ない。それほどのお人が、間違っても女を殺すはずがない」

熱心な井上の言い草は、真相は別にあるとでも確信しているようだった。

「では、つまり……井上様は、曽我部様が何者かに罠にかけられたかもしれない
……そうおっしゃりたいのですか」

「さすがは、お白洲を担うだけある。そういう事案は幾らでもあったであろう？」

「けれど、ご本人が……」

「誰かを庇《かば》っているのかもしれぬ。放っておけば、冤罪にもなりかねぬ。ご公儀のためにも、曽我部様を失うわけにはいかぬのだ」

井上はいつになく真剣な眼差しで、宇都宮を見据えたが、奥から錦が口を挟んだ。

「それは、遠山様がおっしゃっていたこと、そのままですね」

「えっ……」

「曽我部様を失うわけにはいかない……」

「せ、先生……俺も一応、年番方与力筆頭なのだから、そんな身も蓋もないことを言わないでくれないか」

困惑顔になる井上だが、聞いていた与力や同心たちの表情には緊張が広がってきた。


その頃、北町奉行所定町廻り同心の佐々木康之助と岡っ引きの嵐山《らんざん》が、事件のあった料亭『花月』を訪れていた。

主人の松右衛門《しょうえもん》や女将の芳乃《よしの》、仲居や下働きの男、さらには出入りの魚屋や八百屋、茶問屋、酒屋の手代らにも話を訊くためである。いずれも曽我部のことは、それまで見たことがない武家だということだった。

「おかしな話ではないか」

佐々木は十手をもてあそびながら、主人や奉公人らを見廻し、

「曽我部様は、小春は馴染みの仲居で、仲違いをしたがために殺したと話しているのだ。嘘はつかぬ方がいいぞ」

「本当でございます、佐々木様……」

松右衛門も芳乃も定町廻りの佐々木のことはよく知っており、用心棒代代わりに袖の下を渡すこともある。料亭は訳の分からぬ者や咎人が隠れ場所として使うこともあるし、盗賊紛いの者に襲われたり脅されたりすることもある。金を渡すのは、いざというときに、助けて貰いたいからだ。

「初めての御仁ですよ。曽我部様とやらはお忍び姿でしたし、あんなことがあってから、大層なご身分の御方と分かったんです。それに、小春だって奉公に来て、まだ一月余りですし、曽我部様の座敷には初めてです」

「奉公に来る前に、知り合いだったのだろうか」

「それはどうだか、分かりかねます……」

「この店に来る前に、小春は何処で何をしておったのだ」

「それも私どもはよく知りません。おまえのツテで来たのだよな、芳乃」

　女将に水を向けると、芳乃は頷いた。深川芸者をしていた頃の置屋から頼まれたとのことだが、何処の生まれかとか素性までは知らなかった。芸者ではなく、料理屋で下働きをしていたとのことだった。

　そんな話をしていると、部屋の隅っこにいる若い男が何かバツが悪そうな溜息をついた。佐々木は何をか察して声をかけると、「そいつは、下足番の丑吉《うしきち》です」と松右衛門が答えた。

「そういや、座敷に案内したのは、おまえだったな。何か見なかったかい」

「えっ……」

　思わず逃げ出しそうになるほど腰を浮かした丑吉を、怪しいと思った嵐山が近づいて肩を押さえた。馬鹿力に丑吉は急に弱々しい態度になって、

「も、申し訳ありやせん。何度か名乗り出ようと思ったのですが、関わり合いになりたくなくて、へえ……」

「名乗り出る⁉　何かやらかしたのか」

「いえ、そういう意味ではなくて、見てしまったんです。なんだか曰くありそうだったんで、案内した後、廊下から、つい……」

立ち去ろうとしたとき、チャリンと小判が散乱する音がしたのに息を呑んで振り返ったという。床には数十両の金があった。その前には、なぜか小春が立っており、

『要りません、こんなもの』

と声を殺して俯いた。その小春を、曽我部は抱き寄せて、

『――小春……私はおまえのことを大切に思うておる。しかし……』

『だったら、お許し下さい。私はあなた様の子を産みたいだけです。お願いです』

『馬鹿を言うな。私の立場や世間体を考えてくれ。子を産むのは勝手だ。だが、このとおりだ。頼む。黙って別れてくれないか』

『い、嫌です。嫌でございます』

『我が儘を言うな、小春。私がどのようになってもよいというのか』

『別れません。私はあなた様のことが、本当に心から……ですから、奥方様から奪ってでも……でないと私は死にます。このお腹の子と一緒に……！』

切羽詰まった小春が少し声を荒らげて詰め寄った。ほとんど同時、刀を抜き払った曽我部はバシッと小春を袈裟懸けに斬った。

声にならずに驚いた丑吉は這うようにして逃げ出したという。

「——後は、世間の噂になっているとおりでございます」

丑吉が謙《へりくだ》った顔つきで言うと、佐々木は俄《にわか》には信じられぬという目になって、

「ちゃんと見たのか。曽我部様だってのを」

とまるで庇うような言い草で訊き返した。丑吉はすぐに何度も頷き、

「その後、旦那方が来て調べていたじゃないですか」

「どうして、端から話さなかった」

「ですから、あっしも妙に関わりがあると思われたら嫌で……」

「お上に知られちゃまずいことでも？　よく見りゃ叩けば埃が出そうな面してやがる」

佐々木は恫喝するように言ったが、丑吉はへえこら頭を下げるだけであった。そんな様子を主人も女将も不安げに見ていた。

三

その夜のことである。かつて芝居小屋が並んでいた木挽町の一角にある曽我部の

屋敷に、薬箱を持った八田錦が訪ねてきた。

遠山からの指示で、自邸にて謹慎中の曽我部の体調を、番所医として看にきたのである。もっともそれは表向きのことで、評定所ではまったく納得できなかった遠山が、探りを入れさせているのだ。錦が人の内心を見抜くことにも長けているからであろう。

わずかに月代《さかやき》が伸びた曽我部の姿は、事件現場の料亭で見かけたときよりも窶《やつ》れて、老けたように見える。静かに書見をしていたようだが、家臣に案内されて入ってきた錦を見て、

「あ……あのときの……」

と曖昧な挨拶をした。心は落ち着いているようだが、ふっと人を見る目にはどこか世捨て人のような諦めの色がある。

錦は今の〝堅固〟を報告しなければならないと申し出、ひととおりの診察をしてから、おもむろに尋ねた。

「体は何処も悪くなさそうです。が、ご気分の方は如何ですか」

「別になんともないが」

「嘘をつくと、息遣いが短くなります。あまり良いことではありません」

「何が嘘だと……」

「自分の心だけは分かってますからね。嘘をつき続けると、心の臓や肺腑だけではなく、色々な所が悪くなります」

「さようか……だが、いずれ死にゆく身ゆえな。体を気遣ってもらっても仕方があるまい」

「いいえ。私は牢屋敷にも出入りしておりますが、死罪が決まっていても、最後の一日まで〝堅固〟を良くしておきます」

「ほう。何故だ」

「冤罪ということもあるからです。それに……自棄にならず、綺麗な心身で刑に処せられることで、罪人の魂が清められると信じておりますので」

「大層、立派な考えだ……さすが遠山様が気に入り、辻井殿が後見しているだけのことはある。なに家臣たちから聞いた」

「さようですか……」

「父上も町方与力だったが、小石川養生所医師となった奇特な御仁だったとか」

「はい。尊敬しております。人の命を預かる仕事でしたから」

毅然と言って、錦は射るように曽我部を見た。強い目の力を感じたのか、ほんの一瞬だけ傍らに視線を流し、

「私は幕臣として、今度の一件で幕閣にも迷惑をおかけした。そのことだけでも十分、死に値する。どのような仕打ちでも受ける覚悟だ」

「あなたはそれで宜しいかもしれません。ですが、あなたが黙って切腹などをすれば、ますます世間の者たちは、お上への信頼を失うことになります」

「世間など……気にしてどうなる」

「目付のあなたが感情のままに、関わりのあった女を斬り捨てたとなれば、他の目付衆にも、もちろん町方与力や同心にも迷惑がかかりましょう。幕閣のことを真っ先に気にするあなたではない。真実こそがすべて」

「真実……」

「遠山様がおっしゃったことです……どうか、お話し下さい。初めて訪ねた料亭で、初めて会った人と恋仲なんておかしいですわ。ええ、北町の同心はちゃんと調べています」

「……」

「評定所で話せないことなら尚更、遠山様がなんとか致します」

決然と言う錦を、曽我部は改めてまじまじと見つめた。

「あなたはただの番所医ではないのか……？」

「目付や隠密とはまったく縁のないただの医者です。どうか、お話し下さいませ」

錦の得も言われぬ意志の強そうな、それでいて優しさ溢れる顔を見ていた曽我部は、ふっと微笑み返してから、

「――あの日……私は、水野忠邦《みずのただくに》様の名で呼び出されたのだ」

「老中首座の……！」

さすがに錦も驚いた目になった。

「作事奉行が扱う公儀普請のことで、内密の用があるとのことでな。ところが、待っていたのは、あの小春という仲居だった。私は勧められるままに酒を飲んだ。後で考えれば、うかつだった」

「うかつ……」

「しばらくして、仲居の姿がかすんだ。そして気がついたときには、立ち上がり手

に血刀を提げていたのだ」

「なぜ、そのことを評定所で……」

「たとえ私をたばかるためにしても、御老中・水野様の名が使われたのだ。その名を出せば、余計な憶測を呼び、幕閣が不信感で乱れるのは必定……できぬ。それだけは」

「曽我部様はそのために……」

「目付とは、旗本御家人の不祥事を暴き出すことが使命だ。だが、たかが目付……政が混乱し滞りを起こさぬためには、私ひとりの命など安いものだ」

「命に軽重はありませぬが……今日のところは引き下がります。曽我部様の息のご様子が良くありませんので」

「……」

「決して、早まったことはなさいませぬように。この一件にはまだまだ裏がありそうです」

「裏……？」

「目付の曽我部様も本当は何かお気づきになっている。だからこそ、こんな真似を……実は私の父は、ある不正を暴こうとしたがために、大切な命を奪われました」

「なんと……」

「医者として、まだまだ成し遂げたいことがあったはずです。私は……私は誰かの身勝手なことのために、関わりない人が命を落とすのが一番、無残なことだと思います。ましてや殺しなんて、決して許せません」

凛然と煌めく錦の瞳に、曽我部は打たれたように動かなかった。その表情も強ばったままであった。


翌日、町辻では読売屋らが、目付の不祥事をまことしやかに訴えながら、瓦版を売り飛ばしていた。

大通りに面した壁には、誰かが書いた落首が掲げられている。

『目付役、女殺しの罠に落ち』『本物のワルは何処ぞで舌を出し』『真実を語らず腹切る愚か者』などと、まるで、曽我部の事件の真相を知っているかのようなものが記され、詠み人知らずとまで付け足されていた。

読売屋らしい憶測で書いたものかもしれぬが、何処かから漏れたとも考えられる。

むろん、これこそが井上多聞の狙いだったのかもしれない。町場を出歩く与力や同心は存外、〝しゃべくり〟が多いのだ。

その貼られた落首の向かい側で、

「へええ。あの一件が罠とはね……だとしたら、えらいことだなあ」

と惚《とぼ》けた口調で見上げていたのは、易者姿の寛斉だった。辻に見台を出して座っている。その前に客はいないが、佐々木と嵐山がぶらぶら近づいてきた。

「そんなこと、ありっこないな」

誰にともなく話している寛斉に、佐々木が声をかけた。

「どうして、そう思う」

「だって、俺はあの場を見ちまったからな……とても、誰かが仕組んだこととは思えない。目の前には死んだ女と殺した目付様しかいなかったんだから。でしょ、旦那方」

「あ、ああ。まあな」

「こんな下手な落首を掲げたところで、なんにもなりゃしないと思いますがね。気の毒だが、あの曽我部って御仁はどうせ……」

寛斉は持っていた扇子で、切腹をする真似をした。

「ふん。それは、どうだかな……」

と言いながらも、佐々木は実に不愉快そうに落首の札を引っぺがした。その態度を見て、寛斉は不満げに、

「旦那もとどのつまりはお役人ってことですよね」

「なに……？」

「曽我部様が下手人ではないと思いながらも、ご公儀に逆らうような落首は気にくわない。俺たち庶民は何も物言わず、地道に生きてろってことですかい」

その言い草が気にくわないのか、佐々木は睨み返したが、寛斉は物静かに言った。

「つまり、下足番の丑吉とやらが、嘘をついてるってわけだね」

「おまえ、どうして、そのことを……」

「これでも占い師ですのでね。世間のことも、旦那たちのこともお見通しでさ」

「ふざけるな……」

「おや。旦那は占いを信じないので？」

「当たり前だ。幽霊だのイタコだの、怪しいものは一切な」

「ですが、この世は俺たち人間が知らないことの方がはるかに多いんじゃありやせんか」

「なに……」

「たとえば、お天道様はどうして東から昇って西へ落ちるのか、星空は何処まであるのか。この大地ができたのはいつなのか。俺たちが生きてるのはどうしてなのか。旦那が生まれてきたのは、なぜなのか……目の前の花がなんで咲いているのか、虫やミミズがなんでいるのか、旦那に分かりますか」

ぼそぼそとではあるが、地鳴りのような声で言う寛斉を、佐々木と嵐山は気味悪げに見ていた。思わず目を逸らした佐々木だが、

「おまえには分かるってのかい」

「まったく。あっしは神様でも仏様でもありやせんので」

首を横に振って、寛斉はニンマリと笑った。

「ですがね、誰がなんのために、どんな嘘をついているかくらいは見分けられます……旦那方だって、そうでしょ。悪さをした奴は大概嘘をつく。出鱈目《でたらめ》を言う。それを見抜く力があるからこそ、同心が務まってるんじゃありませんか」

曰くありげな寛斉に、佐々木は思わず訊いた。

「何か知っているのか。占いが当たるなら、本当の下手人とその狙いを言ってみろ」

「それが分かれば俺は定町廻りになりやすよ。ですがね、さしあたって丑吉をもう一度、調べること。そして、曽我部様がどうして気を一瞬でも失ったのか探ること。それから肝心なのは、殺された小春という女の素性……じゃありやせんかね」

道理を説くように言う寛斉に、

「そんなこと分かっておる」

と佐々木は苛立って剝ぎ取った落首を、地面に投げつけて踏みにじった。

「おまえのことも、どうも胡散臭い。あの句会の場にいたってのがな。商家の者に誘われたらしいが、何かあるのだろう、ええ？」

「そう思うのでしたら、錦先生はどうなんです。あの方が来た途端、あんなことが……たまさか居合わせたんですかねえ。俺にはそうは見えなかったですが」

意味深長な言い廻しに、佐々木は何か言い返そうとしたが、

「錦先生は遠山様の信頼が厚いお人だ……まあ、俺も今まで事件を通じて色々とあ

ったが、間違っても悪さをする女ではない」

「でしょうね。俺もそう思いますよ」

「だったら、勿体ぶった言い方をするんじゃねえ」

今度は嵐山の方が声を強めて言うと、寛斉は首を竦《すく》めるのだった。

四

丑吉が姿を晦《くら》ましたのは、佐々木の調べに〝告白〟をした翌日のことだった。町奉行所では、もう一度、『花月』の主人や女将、女中たちを集めて問い詰めたが、行き先などはまったく見当が付かないとのことだった。この事態に、読売屋はまたぞろ、目付事件の裏には何かもっとあるなどと、面白おかしく書き立てた。

そんな騒動が続いた夜――甚兵衛長屋に帰ってきた寛斉は、部屋が真っ暗なのに気づいて、小首を傾げた。いつもなら、女房のお菊が夕餉《ゆうげ》を作って待っているからだ。

行灯は消えたままで、竈《かまど》を使った様子もない。

「おい。いないのか？」

声をかけたが、土間と六畳一間しかない長屋である。女房がいないのは明らかだった。寛斉は隣近所を覗き込み、長屋の周辺も探してみたが、お菊の姿は見当たらなかった。長屋のおかみさんたちも、今日は昼頃から見ていないと話した。

部屋の片隅に、銀簪《ぎんかんざし》が一本落ちていた。お菊を女房に迎えたとき、無理をして買ってやったものだった。

それは、まだわずか一年程前のことだが、元々はお菊がこの長屋に転がり込んできたのが縁の始まりだった。今思えば、半ば強引な押しかけ女房みたいなものだった。

夕暮れの町辻で、いつもの占いをやっていたとき、ふいにお菊が現れた。手相を見てくれと両手を出したのだ。

見た目は真っ白な綺麗な手だったが、触れたときに意外とガサついて固い掌《てのひら》だと感じた。お菊は寛斉の気持ちを察したのか、すぐに言い訳めいた口調で、

『水商売が長かったからね。手当てをしても肌荒れはなかなか治らないのさ。これでも芸者をしていたことがあって、一時は深川でも売れっ子だったんですよ』

と言った。

何処かの商家の旦那に身請けされて、向島《むこうじま》の寮に囲われていたこともあるが、年が離れすぎていたからポックリ死なれたと続けた。その後、本妻やその息子たちに追い出されて、また水商売をしていたが、華やかな芸者には戻れず苦労を重ねたと、訊いてもいないのに自分から話した。

『二親にも早く死に別れたし、兄と妹がいたけれど、今は何処で何をしているかも知らないし、つくづく運がなくってね……だから、お兄さんにこの先のことを見て貰おうと思ってさ。どうなるのかねえ』

少し酒が入っているのか、舌足らずの物言いが可愛らしかった。寛斉は八卦見と手相で鑑定してみたが、たしかにあまり良い運勢の持ち主ではなかった。

だが、無事に生きているだけで、人生は儲けものだ。思わぬ事故や病で死ぬ者は幾らでもいる。寛斉がそう諭すように言うと、

『だったら、良くなるにはどうしたらいいのさ、お兄さん……』

と、お菊は絶望した顔で言った。

寛斉は、人との縁で運勢は良くなると伝えた。

人生のほとんどは、先祖や親から貰った血縁と、生まれ育った地縁で決まる。だが、その他の縁といって、色々な人との出会いによって人生は彩られる。幸運とは神仏ではなく、人によってもたらされるのだと、寛斉は話した。

『今宵はお兄さんと出会ったんだ。これは良い縁なのかねえ、悪い縁なのかねえ……私、今日は寝る所もないいんだ。これが私にとって良い縁なら、一晩でいいからお兄さんの部屋に泊めてくれないかい』

お菊はしなだれるように顔を近づけてきた。なかなかの美形で、寛斉の好みでもあったが、新手の売春かとの思いが脳裏を掠《かす》めた。だが、その手の女ならば、辻占いをしている寛斉の耳にも入ってくる。

少し迷った寛斉だが、仕事を終えて、居酒屋で一杯付き合ってやることにしたのだ。が、それで余計に仲が深まってしまい、その夜のうちに、お菊は寛斉の長屋に転がり込んできたのだ。それから、ずっと部屋に居着いているのである。正式に夫婦の祝言を挙げたわけではないが、長屋の大家や住人には認めて貰い、夫婦として暮らしている。

「何処に行きやがったんだ……」

寛斉が短い溜息をついて、徳利から酒を湯飲みに注いで一口飲んだとき、

「こんな刻限に、ごめん下さいよ」

と声があって、薬売り姿の中年男が覗き込んできた。一瞬にして誰だか寛斉には分かったが、相手も初めて物売りに来たような面構えで、

「越中富山の薬売りでございます。ええ、急な腹痛や風邪引きのときのために、置き薬は如何でしょうか」

と腰をかがめて土間に入ってきて、背中の荷物を下ろした。

「——相変わらず、下手な口上だな……何か用かい」

寛斉の方から、声を低めて訊いた。相手の薬売りも曰くありげな目になって、

「まさか本気で、女房に惚れたんじゃあるまいな、寛斉さん……いや寛助《かんすけ》」

どうやら、それが本当の名のようだ。

「つまらないことを訊くな」

いつもの辻占い師とは違う雰囲気の面構えになって、寛斉は睨みつけながら酒を飲んだ。すると、薬売りの方もさらに声を小さくして、顔を近づけてきた。

「だったら、さっさとやることをやっちまいな。お頭が痺れを切らしてるぜ」

「急《せ》いては事をし損じる。相手は天下の御老中様だ。焦るんじゃねえ」

「――おまえ……もしかして、まだ気づいてねえのか」

「えっ。何をだ」

訝《いぶか》しげに訊き返す寛斉に薬売りは、小馬鹿にしたように口元に笑みを浮かべた。

「やはり知らなかったか……鬼の寛助と呼ばれたおまえが、精魂まですっかり吸い取られたんじゃあるまいな」

「どういう意味だ。何を言いたい」

「お菊だよ。あいつは、どうやら〝くの一〟で、水野様の手の者らしい」

「まさか……」

歯牙《しが》にもかけない寛斉に、薬売りは静かに言った。

「俺が調べたわけじゃねえが、仲間が色々と探りを入れたら、どうも怪しい。そもそも、ここに転がり込んできたのも妙だとは思わなかったのか。元は根来衆《ねごろしゅう》だっていうおまえの正体を知っての上のことだろうよ」

「伝六《でんろく》……いい加減なことを言うと承知しねえぞ。お菊は可哀想な身の上の女だ。俺だって馬鹿じゃねえ。裏をキチンと取ってらあな」

「裏を……」

「ああ。お菊はたしかに売れっ子芸者じゃなかったが、あいつが身を置いていた深川の置屋や見番で確かめた。身請けした旦那と暮らした向島の寮から、生まれ故郷の上総《かずさ》の小さな漁村にも足を運んだ……そんな女が老中の密偵であるはずがねえ」

寛斉は自信たっぷりに言ったが、伝六と呼ばれた薬売りは、やはり訝しげに首を振りながら、重苦しい声で言った。

「それだって、すべて偽り、作り事だろうぜ。お頭を見くびるんじゃねえぞ」

「別に見くびってなんかいねえ。だが、一度は足を洗った者を頼らざるを得ない、おまえたちの方がヤバいんじゃねえか？」

「とにかく、相手が誰であれ、俺たちの稼業は、本気で女なんぞに惚れちゃならねえんだ。そんなこと分かってるだろ。だから……」

続けて何か言いかけた伝六だが、声を潜めた。途端、扉を開けて、表からお菊が入ってきた。化粧気はなく、髪も軽く束ねて結っただけだが、妙な色香が漂う姿が月明かりに浮かんだ。

「おや。帰ってたんですか、おまえさん……真っ暗だったから……」

吃驚《びっくり》したようにお菊が言うと、すぐに寛斉が返した。

「俺も今、帰ってきたところなんだ。そしたら、近所を廻ってた置き薬屋が商いに来たんで、話を聞こうとしたところだが、油が何処にあるのか分からなくてよ」

上手く誤魔化した言い草のせいか、お菊は疑う様子もなく、

「そうでしたか。なんだい、おまえさん、油なら、厨《くりや》の奥の棚だって、いつも言ってるじゃないか……おや、種火も消えてるねえ」

と言いながら、世話女房らしく動いて、なんとか明かりをつけようとした。すると、伝六は丁寧な物腰で、

「――おかみさん、夜分に失礼しました。明日、明るいうちにまた出直しますので」

と出ていこうとした。

「でも、丁度良かったんですよ。うちには置き薬がないもので……」

「そのようですね。風邪と腹の薬だけ置いていきます。旦那はおかみさん思いのようで……こんな綺麗なおかみさんじゃ、お邪魔な刻限だし、はい」

伝六は薬袋をふたつみっつ置いて、そそくさと立ち去った。

仕方なく、お菊は見送りに出たが、戻ってきて行灯を灯した。あっという間に部屋中が少し明るくなると、月明かりと相まって、お菊の妖艶な姿がさらに輝いた。寛斉がじっと見つめていると、

「なんだよ、おまえさん……照れるじゃないか……」

と、擽《くすぐ》られたような笑いを漏らした。

「――何処へ行ってたんだい。心配してたんだぜ」

寛斉がさっき床から拾った簪《かんざし》を差し出すと、お菊は受け取って自分で髪に挿し、

「今日は簪をくれた日じゃないか。丁度、一年前……その日も月夜だった。お返しにと思ってさ、こんなものだけど」

と微笑みながら、煙管《キセル》と煙草入れを差し出した。

「おまえさん、贅沢はしちゃいけないって、好きな煙草も我慢してたから。辻占いも本当はさほど儲かってないこと知ってるよ。だから、柄でもない俳句の会なんかにも顔を出してるんでしょ。仕事を貰うために」

「え、ああ……」

「私も内職の針仕事で、少しは足しにしたいし、できることなら、もう一度、お座

敷に出てもいい。でも、こんな薹《とう》が立っちまった女じゃ話にならないかねえ」

「そんなことはない。綺麗だよ」

「だったら、また……」

「よしてくれ。おまえを他の男衆の前になんか出したかない。俺だけのものだ」

「嬉しいことを言ってくれるじゃないか」

微笑むと小さなえくぼが口元にできて、目尻が丸くなって下がる。笑顔を見ているだけでも、寛斉は幸せだった。

「でもよ、どうして風采の上がらない俺なんかに惚れてくれたんだい」

「前世からの因縁じゃないかしらね。仲良しの雀の夫婦だったかもね。自分でも分かりませんよ。どうして惚れちまったかなんて」

冗談めいて言いながら、お菊は寛斉に抱きついて、

「けれど、これだけは言えますよ。座敷に通ってきていたどんな金持ちの男たちよりも、心が綺麗だってね」

「心が綺麗……」

「ええ。嘘偽りがなくて、清流のように澄んでいる……ずっと一緒にいてよ」

甘えるようなお菊の声に、寛斉は貰ったばかりの煙管と煙草入れを落として、ひしと恋女房を抱きしめるのだった。

その長屋の表では、伝六が聞いていられないと耳を塞《ふさ》ぐ仕草でしゃがんでいた。

五

同じ夜のことである。逃げ廻っていたはずの丑吉は、事もあろうに屋台で一杯やっていた。丑吉はふらりと立ち上がって、近くの堀割まで歩いていこうとした。その背中に、屋台の親父が声をかけた。

「立ち小便はいけやせんぜ」

「一々、うるせえなあ。俺の小便くらいで汚れるもんかい。綺麗さっぱり薄めて、流してくれらあな」

足下をふらつかせながらも堀割の前に立ったとき、近くの物陰からふいに人影が現れた。月明かりでクッキリと浮かんだが、黒装束で頬被りまでしている。思わず小便も引っ込んだ丑吉が逃げ腰になるのへ、黒装束は素早く近づいて、その背中をバッサリと短刀で斬りつけた。

「うわッ――」

悲鳴を上げながら前のめりに崩れた丑吉へ、留めを刺すように脇腹に短刀を近づけた。そのとき、黒装束の頭に小石が数個飛んできて、ガツンガツンと命中した。

無言のまま振り向いた黒装束の目には、駆けつけてくる巨漢が見えた。嵐山である。十手を摑んで勢い良く迫ってきた。

「だ、誰だ……！」

ギラリと目を向いて問いかける黒装束に、嵐山が怒声に近い声で、

「てめえこそ、誰だ。どうして丑吉を殺そうとしてんだ。大人しくしやがれ」

「うるせえ」

黒装束は翻って路地に飛び込んで逃げ出した。追いすがるように飛びかかった嵐山は、必死に相手の襟首に手を伸ばした。その瞬間、振り返りざまに、黒装束は短刀を振るった。

「うっ――！」

ほんのわずかに顔面を掠ったが、昔は相撲力士だった嵐山は構わず〝テッポウ〟

を突き出した。もろに黒装束の顔面に当たったが、トンボを切る身軽さで路地の奥まで逃げると、ひらりと塀の上に飛び上がった。まさに忍びの動きだった。

驚いて見上げた嵐山を目がけて、今度は黒装束がシュシュッと手裏剣を投げつけてきた。かろうじて避けたが、一本の手裏剣が嵐山の肩に当たった。

「てめえッ……」

嵐山も負けておらず、手にしていた分銅つきの縄を投げて、黒装束の足首に絡めた。だが、相手は横っ飛びに逃れて塀の向こうに落ちた。その瞬間、分銅が軽くなった。短刀で縄を切られたのだ。

「待ちやがれ」

塀をぶち破るように叩いたが、黒装束の気配は消えて、何事もなかったような静寂が訪れた。嵐山が地団駄を踏んで振り返ると、道端では、うつ伏せになったまま呻いている丑吉がいて、傍らでは屋台の親父が心配そうに見ていた。

「――まさか、さっきの奴……」

脳裏に何か浮かんだのか、嵐山はおもむろに丑吉に近づいて、

「命を狙われるようなことを、てめえは何かやらかしたのか。そうなんだな」

「痛え……なんとかしてくれ……いてて」

「どうなんだ、ええ⁉」

「し、知らねえよ。殺されかけたのは、こっちなんだぜ」

着物が裂けて、背中は一文字に傷が走っており、真っ赤に染まっている。

「こんなのは掠り傷だ。だが、縫っといた方が後々、いいかもな。黴菌《ばいきん》が入って、藻掻《もが》いて死にたくなけりゃな」

「た、助けてくれよ……」

「ああ。そうしてやっから、知ってることはすべて話すんだな」

嵐山が丑吉を抱き起こすと、股間は生ぬるいものでビッショリ濡れていた。

深川は富岡八幡宮近くにある芸者の置屋に佐々木が訪ねてきたのは、その翌朝のことだった。ここには、かつて寛斉の女房・お菊もいて『政茂《まさしげ》』という屋号を持つ。佐々木は錦から寛斉の身の周りを調べた方がよいと助言され、ぶらりと来てみたのだ。

女将のお政《まさ》も元は芸者だというが、小柄で背中が少し曲がっているせいか、女郎屋の遣り手婆にしか見えない。

「ええ……お菊さんなら、うちにいましたけれど……何かあったんですか」

訝しそうにお政が言うのは、近頃、怪しげな奴がうろついているからだという。お菊のこともそうだが、先日、曽我部に殺された小春のこともあるからだ。

「その小春も、ここで世話になっていたそうではないか」

佐々木が問いかけると、お政はどう答えてよいか困っていたようだが、「そうですよ」と頷いた。曽我部に口止めされていたというのだ。

「曽我部様がなんで……」

「さあ、訳なんて知りません。なんだか、自分の屋敷の下女にでもするつもりだったのか、あるいは妾とか……だから、芸者上がりでは不都合だったのではありませんか」

「元芸者の〝囲い者〟なんて幾らでもいるがな、お武家でも」

「さようですねえ。でも、隠しておきたい人もおりますから。芸者も遊女も区別がつかないのが、世間てものですから」

「――のようだな……」

曰くありげな目を向けた佐々木から、とっさにお政は顔を逸らした。

「別におまえの昔を探ろうって思いはないが、この『政茂』がまっとうな置屋でないことくらい調べがついている」

「旦那……冗談はよして下さいましな」

「死んだ亭主の茂三《しげぞう》がどういう輩だったかってことは、こっちも先刻承知なんだ……悪いことは言わぬ。小春について知ってることを話してくれぬか」

「……」

「その方が、小春も草場の陰で喜ぶと思うのだがな」

佐々木の何かを摑んでいるような言い草に、お政は困惑の顔色になった。たたみかけるように佐々木が続ける。

「惚けるのなら、この置屋のことを洗いざらい調べ直してもいい。稼ぎの悪い女には、売春紛いのことをさせていたとか、色々な者から聞いているのだがな」

声を強める佐々木に、お政は狼狽して、

「旦那……よして下さいな。うちだって暮らしがあるんですよ。そのために、本所見廻りの役人に幾ら袖の下を払ったと……」

「俺は難しい話はしていないつもりだがな。小春の本当の相手を知りたいだけだ」

「——本当と言われても……」

それでも、お政が言い淀んでいると、佐々木は痺れを切らしたように表に出ようとした。すぐに、お政は止めて、

「旦那。本当に見逃してくれるんだよね」

「ああ。但し、今後、その手のことをやめるのならばな」

「分かりましたよ……小春は、道庵《どうあん》というお医者様に身請けされるはずだったんですよ」

「道庵……まさか、公儀御殿医の」

「そうです。町医者上がりながら長崎帰りで、なかなかの腕前らしく、一橋様に仕えてから、ご公儀の……立派な御仁です」

「立派ねえ……しかし、そんな御仁が、町場の〝枕芸者〟にうつつを抜かすとも思えぬが……まあよかろう。おまえも隠さざるを得ない訳があったってことか」

「お察し下さいな……」

両手を突いて謝るお政を、佐々木は睨みつけながら、

「だったら、これきりにするんだ。いいな」

と制するように言って、店を後にするのだった。

その足で、佐々木が向かったのは、寛斉が辻占いを出しているいつもの場所だ。

八卦見台を前にして、寛斉は名調子で大道芸人のような声を上げている。

「さあて、お立ち会い。失《う》せ物、判じ物、尋ね人、御用はないかな！　黙って座ればピタリと当たる。この寛斉を信じなさい。悩みも惑いも、たちどころに消えて、幸せが山のように押し寄せてきますぞ！」

名調子で客寄せをしている寛斉の前に、横合いから拳が突き出される。

「はい。いらっしゃいまし」

と天眼鏡で覗き込むと、クルッと拳がひっくり返り、指が開いた。掌に現れたのは、手裏剣である。目の前には、嵐山が立っており、傍らには、佐々木が嫌らしい目つきでじっと睨んでいる。

「幸せが山ほど来るなら、他人様《ひとさま》よりもまずはてめえの暮らしを良くしたらどうだい。可愛い恋女房に、内職なんぞさせずに済むんじゃねえか」

盗み見でもしていたのか、嵐山が皮肉な笑みを浮かべて手裏剣を突きつけ、

「こいつを占ってくれるかい」

「——旦那方……これは一体、何の真似ですかい……」

「おまえに言われたとおり、色々と調べてみたよ……その前に、これだ」

手裏剣を見台の上に置いて、

「持ち主が何処の誰か、占ってみちゃくれねえかな」

と嵐山は顔を近づけた。傍らの佐々木も成り行きを見ている。寛斉は手裏剣を手にして、天眼鏡をかざしたが、「はて」と首を傾げただけだった。

「知らないはずがねえ」

「え……？」

「昨夜、妙な所で会ったじゃねえか。危うく、こちとら殺されそうになった」

「はあ？　なんのことですか」

「その手裏剣は、丑吉を襲った下手人が持っていたものだ」

「言っていることが、サッパリ分かりませんが……ゆうべなら、女房と久しぶりにその……へへ、分かるでしょ」

寛斉が軽口で答えると、佐々木の方が身を乗り出して、

「おまえの女房、お菊がいた置屋も調べたぞ。小春はもとはその置屋でさる御仁と深い仲にあった。もちろん曽我部様ではない」

「――そうなんですかい。それで、俺がなんだって、こんな……」

手裏剣を戻そうとした寛斉の手を、嵐山は払いのけて、

「占いなんぞしなくても知ってるはずだ」

「俺は何も……」

「そこにはもうひとりいた。生きてたとしても、そいつの首はかなり痛んでるはずだ。俺のテッポウをもろにくらったのでな」

言うなり嵐山は、寛斉にテッポウを突き出した。同時、素早く飛びすさった寛斉は、八卦見の棒を握りしめて、鋭い目でふたりを睨みつけた。

佐々木も腰を屈めて刀の鍔に手をあてがっている。嵐山も身構え直して、

「寛斉……やっぱりてめえは、ただの辻占い師じゃねえな」

「いきなり殴られるほど、悪いことなんぞしていませんがね。何の真似です」

「だったら、大人しく自身番に来て、じっくりと話を聞かせて貰おうか」

今度は佐々木が刀の鯉口を切って、一歩近づいた。逆らえば斬るという気迫があ

る。その目が、見台に移った。

数十枚の紙が置いてあったのだが、数枚がハラハラと地面に落ちた。紙には、

『証人を殺そうとして逆に尻尾出し』

という文字が書かれてある。すべてに同じ文言が書かれているようだ。

「あの落首は読売屋じゃなくて、おまえが貼ったものだったのか」

「いけませんか。間違った探索をしてるから、いわば警告しただけです。俺を調べたときにも話しましたよね。あさっての方を見てると困るんでね」

「──おまえ、何を知ってやがる。本当の下手人を知ってて、そいつの狙いが何か知ってるなら、堂々と話せ」

佐々木が乱暴に詰め寄ると、嵐山も摑みかからんばかりの勢いで、

「本当は、お上に知られたら、何かまずいことがあるのだな。だから、丑吉を殺そうとしたんだろうが。違うかッ」

「丑吉のことなんぞ、知らない。それは本当だ」

「それは……だったら、他のことは承知してるってことだな。白状しろ！」

佐々木が踏み込んできそうだったので、寛斉はさらに跳ねると、「三十六計逃げ

るが勝ち」と言うや、見台を置いたまま一目散に逃げ出すのだった。

六

お茶の水の高台には、駿河台と称されるほど、徳川家譜代の武家屋敷が多い。その一角に、武家屋敷ではないにも拘わらず、立派な門構えの家があった。

ここが、御殿医・道庵の屋敷である。質素でありながら、風格のある枯れ山水の庭が広がっており、離れには茶席があった。

主の道庵が釜の前に座り、慣れた手つきで茶を点てている。如何にも真面目そうな医者で、出世とは縁がなさそうな風貌だった。

その前には、浪人姿ではあるが、如何にも曲者らしい物腰の侍が座っていた。

「この俺を屋敷に呼び出すとは、おまえも随分と偉くなったものだな」

「――酷いではありませんか、立川《たつかわ》様」

「何がだ」

立川と呼ばれた浪人はあからさまに不満げな顔になって、道庵を睨みつけた。

「所用で旅に出ており、先刻、知ったのです。まさか、小春まで殺すなんて」

「小春まで……とは」

「今まで何人もの不要になった女を、あなたは始末してきましたよね。そのたびに、私は力になってきた。なのに、私が愛おしんでいる女まで、どうして……」

「何様のつもりだ。一体、誰のお陰で、しがない町医者ふぜいが、公儀御殿医にまでなれたと思うておるのだ」

「それは……」

「小春も少々、調子に乗って身の丈に合わぬことを言い出したから、ああするしかなかったのだ。しかも、上手く芝居の幕引きをするためにはな」

「そ、そんな……」

「おまえとて同じ穴の狢《むじな》ではないか。今更、仁徳ある医者面するのか」

道庵の顔が凶悪な面相に変わった。それを、立川はほくそ笑んで見ながら、

「ふふ……幾ら隠しても、本性というやつは顕れるものだ」

「おのれ。おまえこそ、恥を知れ。小春が一体、何をしたというのだ」

「そんなに小春のことが恋しいなら、後を追っていくがいい。まだ三途の川の向こ

う岸でうろついておろう」

　言うと同時、立川の刀が一閃した。とっさに仰《の》け反《ぞ》った道庵は、腰が砕けて背中から倒れてしまった。その胸を目がけて、グサリと一突きで仕留めた。

　そのとき——ガタッと物音がした。

　振り返った立川の前に、廊下から駆けつけてきた佐々木が唖然と立ち尽くした。

「な、なんだ……何があったのだ……」

「……」

「真っ昼間から、人殺しとは恐れ入ったぜ。おい！　貴様が殺《や》ったのだな」

　血で濡れた刀を手にしている立川に、佐々木が十手を突きつけて近づこうとすると、いつのまに来ていたのか、背後に数人の浪人が抜刀をして集まっていた。

「サンピン。この偽医者は悪事を重ねた上に、小春という女の後を追って死んだ」

「偽医者……出鱈目を言うな」

「そういう筋書きにして、始末しておけ」

「貴様らッ。こんな無茶が通ると思っているのか、大人しくお縄になって、キッチリ話を聞かせて貰おうじゃないか」

「物分かりの悪い奴だな。だったら、おまえが道庵を殺したことにして、この場で俺たちが成敗してもいいのだぞ」

「ふざけるなッ」

「嫌なら、自害だったことにしておけ。それが御老中様の思し召しだ」

「ご、御老中……まさか水野様の……」

「察しがいいな。かような偽医者に、上様の脈を取らせるわけにはいかぬとのお考えだ」

立川は憎々しい目つきになると、

「知らぬ顔をして、言われたとおりにしろ。でないと同心を辞めなきゃならないどころか、命の火も消さなきゃならぬ」

佐々木はかつて感じたことがない恐怖に膝がガクガクと震え、後ずさりをした。そして、言われたとおりにすると、何度も頷きながら、他の浪人たちの顔を見廻すのだった。


丑吉が北町奉行所に連れてこられたのは、同じ日の昼下がりだった。

年番方の詰め所と玄関を挟んだ反対側にある詮議所で、丑吉は背中を丸めて座っていた。その前から、なんと遠山左衛門尉景元が直々に問いかけていた。端然と座っているものの、目力が強い偉丈夫の遠山に、丑吉はすでに「恐れ入った」という顔になっている。

丑吉の後ろには、年番方与力の井上と錦が、まるで後見人のように座っている。錦は大怪我をした丑吉に手当てをしたのだ。

幾つか井上に問い質された後で、丑吉は息を呑み込んで、遠山をじっと見ていた。両肩に首が食い込みそうなほど萎縮していた。

「まこと、曽我部がやったのだな」

遠山に訊かれて、丑吉は震える声で答えた。

「は、はい。廊下から、私が見ているとも知らず、曽我部様は無慈悲にも小春を……」

堪えられないというように、丑吉は目を閉じた。その顔を凝視しつつ、

「丑吉とやら、しかと相違ないか」

「はい……」

丑吉が何度も頷いたとき、遠山が目配せをすると、井上が立ち上がって襖を開けた。控えの間には、自宅謹慎を命じられていた曽我部が、着流しで丸腰姿で座っていた。

「その者に間違いはないな」

問いかける遠山に、丑吉は曽我部を振り返って、「その御方です」と答えた。

黙って聞いている曽我部に、遠山は敢えて訊いた。

「曽我部……この下足番、丑吉の証言に関して、申し述べることはないか」

「何もございませぬ」

「ないことはあるまい。よもや今の証言を、甘んじて受け入れるつもりではあるまいな」

「初めから、拙者がしたことだと、評定所でも述べております」

「……」

「遠山様にも、何度もお手数をおかけし、申し訳ございませんでした」

頭を下げる曽我部を、遠山は射るように見つめながら、

「このままでは、老中の命によって、そなたを断罪せねばならぬ」

「承知しております」

　ふっと溜息をつく曽我部に向かって、遠山は呟くように、

「あたら人材を失うことになるとはな……曽我部兵庫亮、御公儀の名において、おぬしに明日、自宅にて切腹申しつく。立ち会いには、そこな井上と他一名が参じる」

　無言のまま曽我部が手を突いたとき、錦が「畏れながら」と声をかけた。遠山はやはり声を出さずに目を向けると、

「丑吉さんは黒装束を纏《まと》った何者かに背中を斬られました。すんでのところで、岡っ引きの嵐山親分に助けられましたが……誰の仕業だと、お奉行は思っておられるのですか」

「む……？」

「嵐山親分の話では、まるで忍びのような動きだったと。しかも一太刀で、この傷を与える手練《てだ》れです」

　錦は、丑吉の傷は決して浅いものではなく、しっかり縫い付けたものの、後に化膿したり、雑菌が入ったりして他の病で死ぬかもしれないと伝えた。それを聞いた

丑吉の方が驚いて、

「し、死ぬのかい……俺……」

「分かりません。でも、もし、そうなれば、あなたは嘘つきのまま死んでいくことになります。もっとも、これまでもまっとうなことはあまりしてなさそうですが」

皮肉っぽい言い草の錦には、何か狙いがあるようだった。遠山もそう察したのか、目を輝かせて、

「さすがは養生所見廻り与力で、小石川養生所医師だった八田徳之助《とくのすけ》の娘……相変わらず、物言いが鋭いのう」

「生まれつきですので」

「しかも、元吟味方与力、辻井登志郎が後見しているだけの番所医だ。何か裏があると勘づいたのだな」

遠山が確かめるように言うと、錦は曽我部をチラリと見て、

「丑吉さんが嘘をつき、曽我部様も嘘を通したまま切腹したのでは、真相は何も分からずおしまいです。それで、遠山様お得意の〝一件落着〟といけるのでしょうか」

「であるな……」

「丑吉さん、あなたを襲った奴の目的は口封じでしょう。だって、あなたはその場を見たはずなのに嘘をついた。もしかして、下手人に金で頼まれましたか」

目が泳ぐ丑吉に錦は問い質した。

「黙っていても、またいずれ狙われますよ」

「えっ。そ、そんな……」

腰を浮かせて振り返る丑吉を睨みつけてから、錦は遠山に向き直った。

「嵐山親分は相手の首に大怪我をさせているはずです。番所医として、江戸の町医者に問い合わせておりますが、今のところまだ何処からも、治療をしたという知らせを受けておりませぬ。つまり……」

「つまり……？」

「自分で治すことは難しいですから、仲間に助けを求めているか、既にどこかで死んでいるか、です」

「何か手がかりでも摑んだのか」

「それは私の仕事ではありませぬ。佐々木さんが調べていると思いますが」

「佐々木が……何をだ」

「殺された小春さんについてです。私も少しばかり知っている道庵先生が関わっていると漏れ聞きました。ええ、公儀御殿医の」

「佐々木からは何も聞いておらぬが」

「え、そうなのですか……」

訝しげに首を傾げる錦に、遠山は少し苛ついた声で、

「何が言いたいのだ」

「その丑吉さんも、誰かに何かを頼まれただけのことでしょう。立派な生き証人ですから、しばらく伝馬町《てんまちょう》牢屋敷にでも預けておいた方が宜しいかと存じます」

「ば、馬鹿を言うねえッ。俺が何をしたっつうんだ」

丑吉は乱暴な声を上げたが、錦は微笑んで、

「あなたも、お上に預けられていた方が身のためですよ。でないと、奉行所を出た途端、また誰かに狙われるでしょう」

「……」

「牢屋敷にいる間に、気が変わったら、お奉行様に知っていることのすべてをお話

しした方が、自分のためだと思いますよ」

曰くありげな瞳で錦に見つめられて、情けない顔になる丑吉の様子を、遠山は冷静な目で眺めながら、

「だが錦……御老中の命令は絶対だ。曽我部が罪を認め、他に何の証も立てられぬのならば、切腹は避けられぬ。分かっておるな」

と言った。

曽我部は黙って聞いているだけで、自ら真相を話すつもりはなさそうだった。

七

その夜、道庵の屋敷の門前に、黒装束が立った。全身に殺気を帯びている。

屋敷の奥座敷では、暗い中、布団を被って横になっている姿がある。背後の襖が音もなく開き、黒装束が忍び込んできた。手にしていた忍び刀を抜き払うや、布団に切っ先を触れさせて、

「――道庵……誰に頼まれて、眠り薬を調合したんだ」

こんもりとした布団は微動だにしない。

「正直に話せば命までは取らねえ」

「……」

「さもなければ……！」

黒装束が布団を剝ぎ取ると、そこには丸めた布団があるだけで、道庵はもとより、誰もいなかった。

「──⁉」

啞然となった黒装束が踵《きびす》を返して飛び出そうとしたとき、廊下に立っていたのは、誰であろう、医者姿の錦であった。

「あっ……あんたは……！」

次の瞬間、錦が黒装束に近づいて覆面を剝ぎ取ると、露わになったのは寛斉の顔だ。あまりにも素早い動きに、寛斉は目を丸くして突っ立っていた。

「やはり、あなただったのですね」

「……」

「道庵先生は殺されました。そうですよね、佐々木さん」

振り向いて呼ぶと、隣室から佐々木と嵐山が現れた。

「俺の目の前で殺された……殺した奴は分かっている。だが、俺じゃどうしようもない相手だ。この命も狙われている」

と佐々木は寛斉を見据えた。

「だから、道庵が殺されたことは伏せておいたのだ。その方が殺した奴も都合が良いだろうからな。その上で、仕掛けをしたのだが、どうやら、おまえは道庵殺しの一味とは違うようだな」

佐々木は意味深長な言い草で、

「手を引くんだな。おまえの手に負える相手じゃない。恋女房のためにもな」

と言うと、続けて錦も諭すように言った。

「あなたを『花月』で見たとき、何かあると思っていましたが、本当はやはり曽我部様を救うために、あの場にいたのですね」

「――俺はどうでも、罠を掛けた下手人を探す。曽我部様のためになッ」

寛斉の目の奥がギラリと光った。錦はじっと見つめ返して、

「曽我部様のために……あなたとあの御方との間に、一体、どんな関わりがあるの

です」

と訊くと、佐々木もすぐに問い詰めた。

「俺もそれを知りたい。道庵を殺した奴は、立川という浪人だが、こいつは元は目付だ。曽我部様の手下だった奴だ」

「立川……立川丙之進《へいのしん》か」

知っている口振りで寛斉が言うと、佐々木はさらに正直に言えと迫った。

「どうなのだ。何故、おまえは曽我部様を助けようというのだ」

「大層なことはねえ。俺はただ、あの御方には恩義がある。深い恩義がな」

「恩義……それは如何なる……」

「旦那たちの知ったことじゃねえや」

吐き捨てるように言う寛斉に、今度は錦が詰め寄った。

「曽我部様は目付の職にあるお旗本。お庭番として仕えてきた、根来衆だったあなたが、何故、肩を持つのです」

寛斉はビクッと身構えて、錦を見た。そして、すでに承知している様子の佐々木と嵐山の顔色も窺った。

「ど、どうして、俺を根来だと……」

「おまえに見せた手裏剣は、根来独特のものだ。辻占いでは惚けてたがな」

佐々木が当然のように答えた。

「惚けたからこそ、この嵐山はさらに疑ったんだ。おまえはかつての仲間が襲ったと感づいたんだろ？　嵐山を襲ったのは、おまえと同じ根来の出の者だってことを。目付には伊賀者が仕えている。八代将軍の折にお庭番になった根来衆はむしろ目付から疎《うと》んじられている。なんだって、おまえが味方をするのだ」

「――すっかりお見通しってわけかい……袖の下同心と揶揄されながら旦那もただの八丁堀の旦那じゃないんだな」

「俺は違うが、同心の中には元は忍びだの、その手の輩もいる」

「さいですか」

座り込んだ寛斉の目から光りが消え、呆然と遠くを見るように、

「錦先生も知ってたのかい……まさか、俺を張り込むために『花月』に来てたわけじゃないだろうな」

「それは、たまさかのことです。私は、曽我部様に異変があると、辻井様に聞いて

いたので、座主に誘われるふりをして出向いていたのです」

「そうかい……」

寛斉は深い溜息をついて、胡座《あぐら》を組み直した。

「旦那方が見抜いたとおり、俺はもう十年以上前に公儀の手で追いやられた根来一族のひとりだ。根来ってなあ、戦国の世から、なぜか不当な扱いを受けてきた……江戸幕府ができた頃の、残党狩りは酷いものだったらしい」

眉間に皺を寄せて、寛斉は胸を掻き毟《むし》るかのように続けた。

「吉宗公の治世になって、お庭番十七家として、幕臣扱いとなり、御家が続いた者もいる。だが、ほとんどは用済みになって紀州に追いやられた。しかも、元の根来の里ではなく、熊や猪しかいないような山奥だ」

「なぜ、そんな目に遭ったの……」

「知るか。ご公儀に訊きな。ただ、上様の日光参詣の折、護衛に手抜かりがあって、それで……しかし、あれは言いがかりだ。俺たちに非はない。担当の老中や若年寄、大名らの家臣がヘマをこいただけだろうよ」

詳細は語らなかったが、上様の行列に不逞の輩が近づいて、花火を投げつけたらしいのだが不発に終わり、何事もなかった。だが、丁度、事件のあった辺りの街道警備に当たっていた根来衆が責任を取らされたのだ。本来なら、通過点を治める大名が背負わされることだった。

しかし、そこは老中・水野忠邦の領地の飛び地であったから、責任は一切、直接に接していた根来衆のせいになったのだ。

「今のご時世、忍びなんぞ用なしだからな。適当にあしらわれたのだろうよ。いや、もしかしたら、根来衆を追放するために仕掛けられたことかもしれないと思った……承服できない俺たちの頭領は、御公儀に文句を言った。それがためにまるで咎人扱いされて……」

――寛斉は、公儀の追っ手に手傷を負わされた上に、殺されそうになった。武家屋敷街を縫うように必死に逃げていたものの、足首が捻挫して動かないから、前方に見えた屋敷裏の通用門から中に飛び込んだ。宵闇に紛れて、追っ手からは見えなかったようだが、そこは武家屋敷の中である。見つかればおしまいだ。

喘ぎながら見廻していると、目の前にヌッと人影が立った。もはやこれまでと、寛斉は全身が凝結した。

「すぐそこに立っていたのは、今よりも若いときの曽我部兵庫亮様だった」

一瞬、目と目がぶつかり合い、まだ青年の風貌の寛斉の顔に絶望の色が浮かんだ。

じっと曽我部が見下ろしていると、年配の用人が駆けつけてきて、

「若……一大事にございます」

と話しかけた。

用人が控えた場所からは、しゃがみ込んでいる寛斉の姿は目に入らなかったよう
だが、曽我部は視線を落としたまま、

「何だ。かような刻限に」

「はい。根来衆の者が、ここに逃げ込んだ節があると、町方が表門に」

「――さような者はおらぬ」

「は……？」

「来ておらぬ。他を探せと申せ」

「しかし……」

「仮にも目付を担う旗本屋敷だ。もし、さような輩が忍び込んでくれば、こちらで
捕らえて処分すると伝えよ」

「あ、はい。承知致しました」

用人が平伏して立ち去ったが、寛斉はまだびくつきながら、

「め、目付のお屋敷でしたか……」

と呟いた。

曽我部はふっと微笑みを浮かべて、寛斉に近づいてきながら、

「さよう。運が悪かったな……傷の手当てをしてやる」

「えっ……」

「出ていくのは、夜が明けてからでもよかろう」

俄に信じられない寛斉だったが、曽我部は密かに自分の部屋に招き入れ、丁寧に傷口を消毒し、捻挫をした所には軟膏を塗り、痛み止めの薬などを処方した。

――寛斉はその話を、佐々木にして、

「俺は若き日の曽我部様に、たったひとつしかない命を救われたのだ」

と、しみじみと言った。

「曽我部様は口にはしなかったが、根来衆には非がないと見抜いていたようだった
……だが俺は、折角頂いた命を無駄にしないために、根来一族の思い出を断ち切っ

た。そのために……」

　寛斉は左腕を差し出して見せた。そこには焼けただれた傷跡がある。

「ここには、根来衆の証である刺青があったんだ」

　錦はその腕をじっと見ながら聞いていた。

「その後、曽我部様は順調に出世して、目付頭にまでなった。幕閣から比類なき信頼を得て、大目付への道も開かれたとか。でも、曽我部様は自分の分ではないと断り、庶民に近い所で務めを続けた。それは、あの御方が、いつも弱い者の側に立ち、情けある心根を失わなかったからだ」

　滔々《とうとう》と話す寛斉に、佐々木も感銘したまなざしになって、

「その曽我部様が、人殺しということになったわけだな。しかも、か弱い女を」

「俺には信じられなかった。あの御方は、絶対にそんなことをする人じゃない。何かあるに違いない。恩返しをするなら今だと、俺は思ったんだ」

「それで、落首などで無実を訴える一方で、真相探しに動き始めたのだな」

　佐々木が念を押すように訊くと、錦も大きな瞳を光らせて、

「道庵先生が処方した眠り薬を、小春さんが曽我部様に飲ませた。朦朧としている

間に、その部屋の奥にいた何者かが、小春さんを斬り殺した。そして、曽我部様に刀を持たせて逃げた。部屋には裏手の川舟に繋がる隠し階段があるのです」

「その何者かが、立川丙之進だと……」

「私はそう踏んでいます。もっとも、曽我部様は何故か一切何も話しませんがね……でも、この事件によって、道庵先生と小春さんが殺された。ふたりにも深い関わりがあるということです」

「……」

「なのに、曽我部様も口を閉ざしたまま……もしかしたら、寛斉さん。あなたが恩義を感じているように、曽我部様も誰かを庇っているのかもしれませんね」

　錦がじっと見つめ続けるのを、寛斉は怒りの目で受け止めていた。

八

　その夜、遅く――長屋に帰って来た寛斉を、お菊はいつもの笑顔で迎えてくれた。少し良い酒を弾んで、好物の鰻の蒲焼きを添えて出してくれた。

「すっかり冷めちまったけど、さあ、たまには贅沢しようよ」

お菊が冷やのままの酒を湯飲みに注いで、差し出した。寛斉は受け取らず、なみなみと溢れそうな酒を見ながら、

「おまえ、時々、何処へ出かけてんだい」

「え……」

「たまにあるじゃないか。俺が寝てる間に、夜中に出かけることだって」

「──知ってたのかい……」

微かに悲しそうな目をして、お菊は俯き加減に言った。

「おまえさんの稼ぎがあまり芳しくないからさ、ちょっとでも足しにと思って……あ、誤解しないでおくれよ。夜の商いじゃないからね。内職絡みで夜なべ仕事の手伝いにさ」

「そうかい……俺が今日、何処に行ってたのかは気にならないのかい」

寛斉が含みのある言い方で訊いたが、お菊は少しはにかんだ顔で、

「そりゃ気になるけどさ。男同士の付き合いもあるだろうし、あんまり焼き餅焼いても嫌われるの嫌だし……」

「……だったら聞かせてやる」

真顔になる寛斉を、お菊もまっすぐ見つめ返していた。

「俺は、根来衆の成れの果てだ。だが、曽我部様には恩義があってな……おまえに討たせるわけにはいかねえんだよ」

「えっ……言っている意味が……」

「惚けなくてもいいよ。どうせ、その酒にも毒を仕込んでるんだろう」

「何を馬鹿な……」

「そろそろ俺を始末しろと、水野様から命令でも来たか」

「何を言い出すの……」

目を逸らさないお菊に、寛斉は思わず殴りかかろうとしたが我慢をして、

「――ここまで言っても白を切るとは、相当鍛錬を積んだ〝くの一〟なんだな。ようやく気づいた俺とは、出来が違い過ぎらあ」

「……」

「おまえが俺に近づいてきたのは、曽我部様がこんな事件に巻き込まれる一年も前のことだ。一体、何のために俺の女房になったんだい。俺と一緒になって、何を探

ってたんだ。俺が水野様に追われた恨みでも晴らすと考えていたのか、ええ⁉」

「言っていることが……おまえさん……」

と首を横に振るお菊だが、寛斉は鋭い目つきで睨みつけて、

「だから、惚けなくてもいいと言っているだろう。おまえが憎いわけじゃない」

「……」

「俺だって馬鹿じゃねえ。少しくらい疑ったことはあるが、そんなはずはねえと思い込もうとした。伝六は俺に気をつけろと話していたが、あれも嘘……おまえたちはグルだったんだな。さっき、とっ捕まえて吐かせたよ」

「！……」

「俺は根来をやめたが、奴はまだ根来衆だ。けど、伝六が仕えていたのは何故か、俺たちを追放したはずの水野様だ。おまえも水野様の……そうなんだな」

「……」

「伝六は、丑吉を口封じに殺そうとした。おまえたちが曽我部様を陥れたことを隠すためにな。だが、その理由が分からねえ……水野様が、何故、曽我部様を……おまえなら知ってるんじゃねえのか」

寛斉が迫ると、お菊はガックリと項垂《うなだ》れた。それでも救いを求めるような目で、

「ごめんなさい……おまえさんを騙すつもりはなかった」

「認めるんだな。今、話したことを」

「——ええ。水野様は、ある公儀普請のことで、曽我部様に秘密を握られていた」

「秘密……」

「でも、曽我部様は目付だから、御老中の不正を糺《ただ》す立場にはない。けれど、水野様は曽我部様の動きが気になって、私を張り付かせていたのです」

「不正とはなんだ」

「〝くの一〟に過ぎない私に、そのようなことは分かりません。でも、水野様は不正を働くような卑しい御仁ではありません」

「どうだかな」

「他の幕閣や奉行の中には、自らやらかしたことを、上からの……つまり水野様からの命令としてやったと、なすりつける者もいます。老中首座の指図ならば誰も逆らえませんからね。此度のこともそうに違いない」

「なんだ。此度のこととは」

「知りません。知っていても話しません」

「……」

「でも、おまえさんに惚れたことは嘘じゃない。そりゃ初めは、水野様の命令で、おまえさんに近づいた。曽我部様の密偵だと思っていたからです。でも、そうじゃなかった……と気づいたけれど、私はおまえさんと離れたくなかった。ずっと一緒にいたかったんです……ただの辻占い師の寛斉に」

「ふん。この期に及んで色仕掛けかい」

「違います。私は……」

「もういい」

寛斉は近所が目覚めるほど語気を強めて、

「お互い素性が分かったんだ。つまりは敵と味方だ。それでも夫婦なんぞ続けられるかッ」

「！……」

「さっさと出ていきな。でねえと……」

胸の匕首《あいくち》を握りしめて、寛斉は怒鳴った。

「二度と俺の前に、その面を出すんじゃねえ」

「おまえさん」

「とっとと、うせろい！」

お菊は女らしい表情になって唇を噛みしめるが、もはや寛斉に取り付く島もなく、顔を覆って部屋から走り出ていった。

寛斉は苛立ちを抑えきれず、傍らの酒徳利と鰻の入った皿を土間に叩きつけた。


翌早朝、大川は吾妻橋近くの土手に、立川丙之進の姿があった。浪人の形《なり》で、数人の手下を従えている。事件のあった料亭とは目と鼻の先である。

その少し前を、提灯持ちのように歩いているのは、伝六だった。怪我をした首には、添え木にぐるぐる巻きの包帯がしてあり痛々しい。

「何処まで連れていくつもりだ。あの御仁が待っているのではないのか」

「へえ。あそこに……」

伝六が引き下がると――行く手に立っているのは、寛斉であった。

「誰だ……」

「昔のあっしの仲間でやす。元は根来衆です。旦那とサシで話をしたいそうです」

「俺とだと……何の話だ」

「決まってやす。作事奉行の本田鼎《ほんだかなえ》様のことです」

掠れ声で伝六が言うと、懐手の立川の目がギラリと光って、

「――貴様……裏切ったな」

「いえ。古巣に帰ったって方でしょうか……」

伝六が姿勢を低めて、忍び刀を抜き払って構えると、寛斉の方から近づいてきて、

「悪く思うな。俺は根来を抜け出したが、伝六は根来衆のまま、行き場がなくて水野様に詫びを入れて雇われていただけだ」

「……」

「だが、おまえが道庵を殺してから、考えが変わったそうだ」

責めるように寛斉が言うと、立川はほくそ笑みながら、

「おまえは誰の手の者だ。曽我部か」

「そうじゃねえが、おまえが正直に本田鼎の不正を公にすれば、命だけは助けてやろう」

「偉そうに、何様のつもりだ」

「亡き者にした道庵は、偽医者ではない。歴とした長崎帰りの医者だ。本田やおまえが色々と目をかけたのも、いずれ上様や幕閣の命を奪うために、利用しようと考えてのことだろう……あの本田なら、考えそうなことだ」

「――おまえ……本田様を知っておるのか」

「昔から阿漕《あこぎ》なことばかりしてたからな。御庭番として調べていたこともある」

寛斉の言い草が自慢げに聞こえたのか、立川は鼻で笑った。

「それがなんだ。もはや根来衆ですらない奴に何ができるというのだ」

「何者でもないから、何でもできる。曽我部様をお助けするためなら、この命を捨てても惜しくはないんだよ」

「そうか。ならば死ね」

立川はいきなり懐から短筒を出して、寛斉に向けて撃った。

寛斉はトンボを切って避けようとするが、連発銃だったのか、ダンダンと立川は撃ち続けた。それでも懸命に身を躱《かわ》しながら、手裏剣を投げつけた。

「うっ――！」

ぐらりと体が傾いた立川だが、寛斉の方も肩を撃ち抜かれており、次の攻撃ができなかった。驚いた伝六が立川に背後から斬り掛かろうとすると、手下の浪人のひとりがバッサリと脇腹を斬り払った。

「うわあッ」

仰け反って喘ぐ伝六を、他の浪人たちも嬲《なぶ》り殺しにするように斬り倒した。

目をカッと見開きながらも、伝六は寛斉の方に顔を向けて、

——すまねえな。勘弁だぜ。

と言いたげに手を合わせながら、地面に倒れ伏した。

「で、伝六！」

駆け寄ろうとする寛斉も、膝を突いて動けない。

「馬鹿なやろうだ……留めを刺せ」

立川が手下に命じると、浪人たちは険悪な顔つきになり、伝六を蹴飛ばしながら寛斉に向かってきた。

寛斉も懸命に立ち上がり、忍び刀を逆手に持ち、斬り込んでくる相手らの切っ先を躱しながら、反撃しようとした。が、肩の鉄砲傷が深く、思うように体が動かな

い。

「食らえッ」

大上段から斬り掛かる浪人を、寛斉が忍び刀で突こうとした。

そのとき——空を切る音がすると、十方手裏剣が飛来して、浪人の喉元に突き立った。声もなく仰向けに倒れたので、浪人たちは一瞬、足を止め、立川も一方を睨んだ。

黒装束の〝くの一〟がさらに十方手裏剣を投げつけて、他の浪人たちの急所ばかりに命中させた。いずれも悶絶しながら、その場に崩れ伏した。

ただひとり残った立川は鉄砲を撃とうとしたが、弾が切れている。

「おのれッ……覚悟せい」

立川が抜刀して斬り掛かると、〝くの一〟はひらりと蝶のように舞い、相手の肩を踏み台にして背後に飛び降りた。そして、何本か背中や首根っこに手裏剣を浴びせた。立川は悲鳴を上げながら、一目散に逃げ出した。

啞然と見ていた寛斉は、〝くの一〟に向かって、

「——お、お菊か……」

と訊くと黒装束は覆面をずらして顔を見せた。

まさしくお菊だった。真顔で見ている。寛斉もじっと睨み返したまま、

「奴を逃がしたのか」

「逆です。すぐに私の仲間が捕らえて、水野様のもとに送ります。あいつは作事奉行のことをすべて話すでしょう」

「……」

「おまえさんも、そうしたかったのでしょ。でも、おまえさんはもう〝カタギ〟。人殺しをさせるわけにはいきません。相手が悪い奴らでも、見つかれば死罪……」

「助けてくれたのか……」

「使命です」

そこまで言うと安堵したように、お菊は微笑んだ。寛斉もその笑顔を見て、なぜか可笑しくなってきて、声を出して笑った。しかし、それは寂しい笑いであった。

九

曽我部の屋敷の一室では、家臣たちによって切腹の準備が整えられていた。いずれも嗚咽しそうだったが、白装束の曽我部だけは、落ち着いた顔で座っていた。

「――まもなく刻限だが、井上殿ら町奉行所の方々は来ないな」

ぽつりとそう言うと、曽我部は静かに頷いて、おもむろに着物の前を押し広げた。

「介錯は要らぬ。飛び散った血で座敷が汚れるからな」

冗談交じりに言う曽我部を見て、家臣たちは皆、涙に暮れた。そして、口々に「お待ち下さい」「まだ使者は来ておりませぬ」「先走ってはなりませぬ」「これは何かの間違いでございます」などと悲痛な声で言った。

三方に載った短刀に、曽我部の手が伸びたそのとき、

「早まるでない」

と声があって、廊下を駆けてきたのは、家臣のひとりに案内された遠山左衛門尉であった。年番方与力の井上と錦も一緒である。

「と、遠山様……！」

驚いて振り返る曽我部は、何かを察したように、すぐに切腹を完遂しようとした。寸前、遠山が躍りかかって引き倒すと、家臣たちも慌てて曽我部から短刀を奪い取

った。

「間に合ってよかった……」

傍らに控えた錦が、安堵して言った。万が一、切腹をしているようなことがあれば、錦が応急の手当てをするために随行したのだ。むろん、それだけではない。怪我をしていた立川から、此度の一件につき、遠山が聞き取りをしたときにも側にいた。

「曽我部様……実は、寛斉という占い師とその女房によって、あなた様の無実なること判明致しました」

「む……？」

「立川丙之進という者を覚えておりますね」

「……」

「今は浪人の身なので、すでに遠山様によって断罪され小伝馬町送りになっておりますが、この立川が、作事奉行の本田鼎様の不祥事をすべて語りました」

錦が伝えると、遠山は大きく頷いた。だが、曽我部は得心《とくしん》できぬとばかりに首を振り、

「さようなことをして、今更何になる。本田様のことなら、百も承知しておる」

と遠山の方を見て頭を下げた。

「後生でございます、遠山様……我ら目付は、旗本や御家人の素行を見張り、不正を暴いて糺すのが務めでございます。されど、知ったことを墓場まで持っていくのもまた……」

「つまらぬことを言うでない」

「なんと、つまらないことですと……いたずらに公儀の秘密を暴き、天下を揺るがすことが、つまらぬこととおっしゃいまするか」

半ばムキになる曽我部に、遠山は穏やかな態度で、

「勘違いをするな、曽我部……水野様は一切、関わりない」

「……」

「作事奉行・本田鼎は、神君家康公参拝のために整備をした、日光街道に関わる公儀普請につき、懇《ねんご》ろにしていた普請請負問屋を〝入れ札〟で有利にした上で、その見返りに公儀が支払った普請費から莫大な金、三千両もを受け取っていた」

「——承知しております……」

「しかも、おぬしにバレそうになって、水野様が背後にいるように見せかけたのだ。その上で、本田と組んでいた立川が、おまえを失脚させようと、人殺しに仕立てた」

「……」

「闇討ちも考えたそうだが、香取神道流の名手であるおぬしには、なかなか手を出せぬ。それに目付が何者かに殺されたとあっては、それこそ水野様自身が動くであろうからな。むろん、俺も……」

遠山は改めて、曽我部を説得するように軽く肩に手を添えて、

「おぬしが水野様を庇って、あえて本当のことを語らなかったのは、武士として当然のことかもしれぬ。だが、隠せば却って、水野様に疑念が及び、あらぬ罪を被せることにもなりかねぬ」

「……」

「水野様に恩義があるから、だんまりを通したのであろうが、おぬしを庇うためにもまた、命を賭けた者がおる」

「えっ……」

「覚えていないかもしれぬが、元は根来衆の者で、おぬしに恩義を抱いているそうだ。命を救われたとな」

曽我部が黙って聞いていると、錦が付け加えた。

「十年以上も前、曽我部様の屋敷に紛れ込んだとき、怪我の手当てまでしてもらったのだそうです」

「……」

「その者は、あなたから受けた恩を忘れず、あなた様の命を助けるために、色々と駆けずり廻っていたそうです。立川を暴いたのも、その者です。ずっと前から、あなた様の近くで、何かと見守っていたとか……辻占い師となってまで」

「辻占い師……根来……」

ハッと思い出したように、曽我部は目を輝かせて、

「もしや……私にしてみれば、すっかり忘れていた些細な出来事……それを、その者はずっと覚えていたというのか。そして、命を擲《なげう》ってまで私のためにと……」

と項垂れるように溜息をついた。

「さよう。曽我部……おぬしが切腹して一番喜ぶのは、本田鼎だ」

遠山は諭すように言ってから、さらに肩を叩いて、

「おぬしが知っていること、すべて評定所にて話してくれるな。それが、此度のことに巻き込まれて死んだ医師の道庵と小春の供養になると思うぞ」

と囁いた。

曽我部が目頭を押さえながら頷くのを、錦と井上も安堵した顔で見つめていた。


数日後――寛斉が座っている辻に面した塀や壁には、

『道庵を殺して馬脚現れる』『御仏が乗り移ったかお奉行に』『罠破れ黒幕逆に腹を切り』『毒を盛り嵌《は》めたつもりが罠に落ち』『恩義ある人の恩こそ忘れじと』

などと貼られている。それには、キチンと寛斉という詠み人が書かれている。

寛斉は通りかかる人に、いつもと変わりなく、テキ屋のように声をかけている。

だが、忙しく働いている人足《にんそく》や出商《であきな》いの手代らが足を止めるはずもない。

寛斉は深い溜息をついて、

「今日も稼ぎがなしか……店賃《たなちん》どうするかなあ……」

と、ぼやいたとき、目の前に錦が立った。医者の姿ではあったが、野に咲く花の

ように美しかった。

「はちきん先生……あ、これは相済みません。奉行所の旦那方はみんな、そう呼んでるもんですから、つい」

「お菊さんからの伝言です」

「えっ、お菊……先生はどうして……」

「あなたも承知のとおり、此度のことには初めから関わってますからね。遠山様の話では、お菊さんは水野様の密偵で、伊賀者だそうですね。このようなことになってしまった上は……」

「上は……」

「夫婦を続けることは難しいとのことです」

「――そんなことは分かってるよ」

言うまでもないことだと、寛斉も納得しているようだった。

「でもよ、正直なところ、一言くらい、お菊の気持ちを聞きたかった」

「はい。ですから、それを伝えにきました」

錦が真剣なまなざしを向けると、寛斉は訝しげに、

「先生が、どうして……」

「私は番所医ですからね、何人かの旗本や御家人の〝堅固伺い〟にも出かけますよ。その中に、水野様もいらっしゃいます。ええ、老中首座の水野忠邦様です」

「そ、そうなんですかい⁉」

「道庵先生の後始末のこともありましてね。密偵のことなどは表沙汰にはしませんが、水野様は此度のことを遠山様から詳細に聞いてから、十年程前の例の一件……将軍の日光参拝に纏《まつ》わる根来衆への仕打ちを謝り、以降、何もしないと約束されました」

「今更、言われてもな……」

鼻白んだ顔になる寛斉を、錦は同情の目で見やって、

「そうですね。で……お菊さんですが、水野様は引き続き、密偵を続けさせるつもりでしたが……お菊さんは暇を貰ったそうです」

「えっ……」

「暇というか、伊賀者をやめたそうです。水野様は大層、お怒りでしたが、これまで知り得たことは一切、漏らさないという条件で、服部家の許しも得て、勝手次第

になりました」

錦が微笑むと、寛斉は一条の光を見た気がして、

「ほ、本当かい、先生……だったら、お菊はこれまでどおり俺と……」

と縋《すが》りつくように訊いた。

「これまでどおりかどうかは分かりません。伊賀者の規範として、江戸城詰めから離れる際には、伊賀の里に戻らねばなりません。でも、お菊さんは伊賀者をやめた。とはいえ、江戸で暮らすわけにはいかない」

「一体、どうなるんで……」

「あなたも根来衆なら察しがつくでしょ。忍びは草に生き、草に死ぬ……そうですね。なので、二度と浮世には姿を現してはなりませぬ」

「まさか、死ねとでも……」

「そうです。すべてを捨て、もう一度、生まれ変わったつもりで暮らしていくならば、水野様も認めるとのことです」

「もちろん、できるなら、そうしたい」

寛斉はもう一度縋るように錦の顔をまじまじと見て、

「俺はどうすりゃ、いいんだい」

「まずは江戸から離れて下さい。お菊さんは先に、小田原城下に行っていると思います。『立花屋《たちばなや》』という旅籠です。その先何処でどう暮らすのか、それはあなた方次第……」

「ありがてえ！　こんな嬉しいことはねえ！」

辻占いの道具を片付け始めながら、寛斉は感謝の目で錦に頭を下げながら、

「お菊は本当に待っててくれるんですよね。これは冗談か、罠じゃねえですよね」

「さあ、そこまで私は知りません。自分の目で確かめて下さい。その先のことは、あなたが得意の占いで見てみたら如何ですか」

錦は用件を伝えると、寛斉に微笑んで颯爽と立ち去るのだった。

この先、ふたりにどのような運命が待っているかなど、錦にも分かりようがない。だが、忍びとして生まれ育って、如何に冷静沈着を保つ鍛錬を積んできたとはいえ、人の心というものは、特に恋心は如何ともしがたいものだなと、錦も微かに感じていた。

第二話　罠の恋文

一

　赤い空が広がる夕暮れ時、日本橋茅場町《かやばちょう》の薬師堂境内に、八田錦と岡っ引き・嵐山が並んで歩く姿があった。

　元関取で大柄な嵐山の横にいても、決して小柄に見えない錦のすらっと伸びた背丈と、堂々とした歩き方は、その美貌と相まって、通りすがる人たちの目を引いた。今日は医者姿ではなく、普段着の地味な小袖姿ではあるが、しぜんと華やかさが広がっている。

　いつもは町医者として、元吟味方与力の辻井登志郎の屋敷を借りて診療所を営んでおり、三日に一度は北町奉行所に出向いて、与力や同心の〝堅固〟を診ている。

そのいずれにも、時々、錦宛てに恋文が届き始めて、一月が過ぎ、もう十通になる。

明らかに常軌を逸したもので、変質的な恋心を抱いているとしか思えなかった。

『夢かうつつか幻のあなたの姿に身が焦がれ、心が消えてしまいそうです。恋の虜になりし我が胸に浮かぶは、麗しきあなたが面影ばかり。その澄んだ黒き瞳は独り寝の我が心を優しく慰めるも、赤き唇は私の心を乱れさせる。悲しく切ない日々……』

という手合いのものばかりで、読む方が身震いするほど気持ちが悪かった。しかも、差出人の名前は〝酒呑童子《しゆてんどうじ》〟としか書かれていない。『大江山三大鬼伝説』の最強の鬼で、沢山の鬼を従えるという異形の者だ。

ふざけた者だろうから相手にしなくてよいのだが、本日、暮れ六つに薬師堂で待つという誘いが入っていた。

こういう手合いから執拗な悪事になることもあるから、相手を確かめると嵐山親分が同行して、誰何《すいか》するつもりである。

日頃から出入りの少ない所である。薄暗い境内に人影はまばらで、人待ち顔の者はいなかった。

「錦先生……どうやら、からかわれたようですな」

「ですね」

「しかし、無視するのも気持ち悪いでしょうから、あっしが調べておきやすよ」

嵐山が腰の十手を軽く叩いたとき、本堂の裏手から、「や、やめてぇ！」と女のような悲痛な声を上げながら、小柄な若い男が転がり出てきた。屋号がついている羽織姿で、何処かの商家の若旦那風だった。

「よしてくれ……痛い痛い、やめてくれってばよう」

頭を押さえながら腰を屈めて、いかにも弱そうな男だった。その後ろから三人ばかり、やさぐれた感じの若い衆が追ってきて、

「ふざけやがって。てめえ、何様だと思ってやがるんだ。くらえッ」

と、げんこつを浴びせ始めた。

「やめてえ……痛いよ。勘弁してくれよう」

地面にひれ伏して丸くなる若旦那風を、今度は足蹴にし始めた。

「よしなさいな」

思わず錦が声をかけると、若い衆らは若旦那風を放っておいて向かってきた。

「なんだ、てめえ……」

と言いかけた兄貴格の目尻が俄に下がって、

「こりゃ、ちょいといい女じゃねえか。こんな小汚ねえ薬師堂には似合わない上玉だ」

三人とも舐めるように見ている。

「今宵は名月だ。ちょっくら酌でもしてくれねえかな。この辺りの飲み屋の女は、狸みたいなのばかりでな、ズズッ……たまんねえな」

兄貴格が肩に手をかけようとすると、錦は余裕の笑みでスルッと躱し、蹲《うずくま》っている若旦那風の方へ心配そうに近づいた。

「大丈夫ですか。怪我は大したことはなさそうですが……」

「あ、いえ……慣れっこですので……」

「慣れっこ……？」

「は、はい、お気遣いご無用で……ご、ございます」

俯いたまま震える声で、若旦那風は答えた。決して顔を見せようとしなかった。

「そいつのことなんざ、どうでもいい。なあ、お姐さん、聞こえてんだろう？　こちとら酌を頼んでんだよ」

兄貴格が背後から抱きつこうとすると、目の前に十手が伸びてきた。嵐山である。

「その姐さんに酌させると高くつくぜ。下手すりゃ、牢部屋送りだ」

「岡っ引き風を吹かせやがって、こちとら十手を怖がってちゃ、商売上がったりなんだよ」

「隠し賭場でもやってやがるのか。元締めは誰だ、ええ⁉」

「うるせえッ」

いきなり兄貴格は嵐山に匕首を抜いて突きかかったが、踏み出した瞬間、ガツンと平手を食らわされた。ゴキッと首の骨がひん曲がる音がして、喉から血痰《けったん》が吹き出た。

他のふたりが息を呑んで後ずさりするのを睨みつけながら、

「今すぐ頼めば、まだ治るかもしれねえぜ。酌じゃなくて手当てをな」

「い、痛え……」

「まさか、おまえが酒呑童子じゃねえだろうな」

「な、なんのこった……痛え」

首を横に向けたまま、兄貴格は泣き出しそうな顔になっている。嵐山は首根っこ

に十手をあてがって、

「この先生はお医者様だ。さあ、どうする」

「——だったら、は、早くなんとかしてくれ……痛え、痛え……」

「情けない声を出しやがって。さっきまでの威勢の良さは何処に消えた」

嵐山はそう言うものの、錦は兄貴格の頸椎に手をあてがうと、グイッと反転させるように捻《ひね》った。正面を向くことができた兄貴格は、まだ痛みが続いているのか、苦々しい顔をして、

「こんなことをしやがって……おい、三下。只で済むと思うなよ」

と粋がるだけ粋がって、足をもたつかせながら、手下を引き連れて逃げ出した。

若旦那風もコソコソと逃げだそうとしたが、その襟首を嵐山が摑んで、

「大丈夫か、おい」

「——は、はい……ありがとうございます」

「助けて貰ったんだ。顔を見せて、名乗るくらいしたらどうだ」

「あ、いえ、名乗るほどのことでは……」

「馬鹿か。使い方が違わあ」

「今日のところは失礼致します。お、お礼は改めて、先生の所にお伺い致しますので……重ね重ね、ありがとうございました」

言うなり若旦那風はコマネズミのように、素早く走り去った。

「なんだ……あいつ、先生だなんて、まるで錦先生のことを知ってる口振りだったが」

「医者だって、親分が言ったからじゃないですか」

「いや、もしかして、あの若旦那みたいな奴が、この恋文の送り主かもしれやせんぜ。ここで待ち伏せしているときに、顔見知りのならず者に会って、何かで揉めた……のかもしれねえ」

嵐山が言うと、錦も一抹の不安を覚えるのであった。薄暗い上に、ずっと顔を伏せていたのでハッキリとは見えなかったが、何処かで会ったようにも思えたからである。

翌日、外廻りの与力や同心を診ていた錦のところに、またぞろ恋文が届けられた。年番方の井上多聞が飛脚から受け取ったというのだが、錦は文机の上に置かれて

も見向きもしなかった。井上は嫌らしい目つきで、錦を眺めながら、

「やはり先生は、もてにもてるんですなあ。毎日のように恋文が届いてる」

「どうして、恋文だと……？」

「いつぞやチラッと見えたもので。熱い文句が書かれていました」

「覗き見は良くありませんね」

錦が強い口調で言うと、井上は首を竦めて引き下がったが、ズラリ並んでいる与力や同心たちは、なんとも羨ましそうな顔つきで見ていた。定橋《じょうばし》掛、本所見廻り、町会所掛、牢屋見廻り、人足寄場定掛、市中取締諸色調《しちゅうとりしまりしょしょくしらべ》掛、風烈《ふうれつ》廻り昼夜廻りなど外廻りの役人たちだけだから、尚一層、錦に視線が集まる。ふだん奉行所にいないからだ。

　そんな中に、定町廻り同心の佐々木康之助もいた。相変わらず不機嫌な面構えで、

「余計な話はいいから、さっさとしろ」

と誰にともなく声をかけている。錦は慣れっこなので無視して、自分の調子で〝堅固伺い〟を続けていると、「あれえ？」と井上が素っ頓狂な声を上げた。手には一通の文を持っている。

それを見た佐々木は自分の腰回りを探ってから、アッという顔になり、とっさに「返せ」と言った。だが、井上は年番方与力筆頭だと偉そうに胸を反らせて、不審な文ゆえ読む、と封書を開いた。

中の紙には達筆な墨書で、

『忍ぶれど色にいでにけり我が恋は、物や思うと人の問うまで……』

と書き始められている。井上はプッと吹き出して、

「これは小倉百人一首かよ」

「返せ――」

「なるほど……錦先生に密かに恋文を送っていたのは、おぬしだったか、佐々木」

井上がからかうように言うと、並んでいる与力や同心たちが、これまた大袈裟に驚きながらざわついた。

「違う。それは、その……」

ハッキリと言葉が継げない佐々木は、顰《しか》めっ面ながら小っ恥ずかしそうに俯いた。間髪をいれず、井上が攻め立てるように、

「やはり、おぬしか。ハハハ。見かけによらず繊細な言葉を並べておる。アハハ」

と笑った。

だが、錦は訝しそうに首を傾げながら、

「井上様。どうして、私への文を佐々木様が書いたとお分かりに……？」

「だって、こいつが落とした文……先生に送ってきていた恋文と同じ筆跡だ」

サッと井上が差し出す恋文を見た錦の表情が俄に変わった。

「たしかに同じですね……でも、酒呑童子ではない。ええ、私宛てに来る差出人は、いつもこの名前なんですよ」

「今日こそはと本名を書いて、先生に渡そうとしたのでは？　だろ、佐々木」

井上が恋文を突きつけると、佐々木はすぐに奪い取って、

「こんな所で恥を掻かせることはないでしょうが……この際、言っておく。これは俺がある船宿の女将に渡そうと思ったものだが、書いたのは俺ではない」

「何を偉そうに居直っているのだ」

「まあ、聞け、皆の者」

佐々木はすっかり気持ちを切り替えたのか、居並ぶ役人たちを見廻しながら、

「これは代書屋に頼んだのだ」

「おまえは恋文くらい、自分で書けないのか。そういや、こんな達筆ではないな」

「いいから、聞け……みんなも知っておるだろう。猿屋町会所掛だった中川文太郎《なかがわぶんたろう》という同心を……もう三年前になるが、不逞の輩に刺し殺されて、下手人もまだ分かっておらぬ。もちろん、殺された訳もな」

猿屋町会所とは、札差への資金貸付役所のことである。浅草猿屋町に置かれたから、こう呼ばれ、札差改正役所とも言われた。年に二万両余りの金を幕府から預かるから、勘定所とも連携し、有能な与力や同心が任命されていた。

「——ああ、中川のことなら、よく覚えているが……」

井上も辛そうな表情になって聞いていたが、「それがどうした」と尋ね返すと、佐々木は小さく頷いて、

「中川には、ひとり娘がいた。父親が亡くなった頃は、まだ十三歳だったが、今は十六のしっかりした娘になっている。面倒を見てくれる親戚もいなかったので、しばらく八丁堀で見ていたが、もう二年くらい前から、代書屋をやっているのだ。主に手紙のな」

「手紙の代書……？」

錦の方が身を乗り出して訊いた。

「ああ。世の中は先生のような頭の良い人間ばかりではない。ろくに文字も書けない奴もいる。だから少しでも人助けをしたいとな、おさよちゃんは始めたんだ」

「おさよちゃん……というのですか」

「中川は娘が幼い頃から書だけは厳しく習わせていたらしくてな、大人顔負けの達筆だ。それで糊口を凌いできた。まさに芸は身を助くだ。だから俺も少しでも足しになろうって、恋文を頼んだんだ。それがいけないかッ」

「誰もいけないなんて……」

錦は今し方、自分宛てに来た文を開け、佐々木が頼んだものと比べてみた。どう見ても同じ筆跡である。

「——なるほど……そういうことか……」

錦は文面や筆使いを眺めながら、何かを承知したように頷いた。

二

神田須田町の商家が並ぶ一角に、『手紙、各種書類代書承ります』という木札が軒下にぶら下がっている屋敷があった。とはいえ屋敷というほどではなく、長屋に毛が生えたくらいのもので、間口二間しかなく、さほど奥行きもない。

中には、総髪の浪人姿の中年男がいて、せっせと書き物をしている。

傍らには、狂言本、読本《よみほん》、黄表紙《きびょうし》、浄瑠璃本、絵草紙などが高く積まれている。他にも古本が並べられており、貸本屋も兼ねているようだった。

「ごめん下さいまし」

錦がぶらりと表に立ったとき、冴えない中年男の顔がキラリと輝いた。

「ここは代書屋さんですよね」

「ええ、そうです。さあ、お入りになって下さい。手狭な所ですが、どうぞ……御用は、恋文ですかな」

「そうです」

「ああ。そうだと思いました。でも、お客さんのようなお綺麗な方ならば、貰うことの方が多いのではありませんか。お世辞ではありませぬ。本当にお美しい」

浪人者は真顔で言ってから、

「あ、私は店主の秋山拓兵衛《あきやまたくべえ》と申します。ご覧のとおり冴えない面構えですが、読本や芝居の類いには精通しております」

と謙ったように言うと、錦も軽く会釈をして、

「──おさよさんは、こちらにおいででしょうか」

「えっ……」

「私は番所医の八田錦という者です。北町同心だった中川文太郎さんの娘さんが、こちらで仕事をしているとか」

「番所医……はい。おさよなら、おりますが、今、使いで出ておりまして……」

「さようですか……ご主人ならば、ご存じかもしれませんが、これを……」

錦が手紙の束を取り出して、中身を見せると、秋山は目を丸くした。

「このような歌や文言で始まる恋文を見たことがおありですね？　この筆跡は、おさよさんのものだとか。北町定町廻りの佐々木様からお聞きしております」

「ええ、たしかに……」

秋山が頷くと、錦は愛想笑いなどせずに、

「この恋文は私に届けられたものですが、依頼者を教えて頂けませんか」

「いや、しかし……このところ沢山依頼がありますので、似たようなものを何通か……それに、依頼しに来た方が誰に渡すかまでは聞き及んでいませんので」

わずかだが困り顔になる秋山に、錦は遠慮のない物言いで、

「迷惑しているのです。なので、何方か存じ上げませんが、会って、二度と送らないようにお断りしたいのです」

と追及するように言った。すると秋山の方も俄に態度を硬直させて、

「言えません」

とキッパリと言った。

「お客様の秘密は絶対に守るのが、私たちのような仕事をする者の務めなのです」

「では、おさよさんを待たせて頂きます」

「同じことです。おさよも、依頼人の素性は知っていても話さないでしょう。私たちはお客様の事情をすべて承知しているわけではありません。ですが、書いて欲しい内容から、幾ばくかはどういう関わりか、依頼した人がどういう方かくらいは想像できます」

「……」

「かといって、教えるわけにはいきません」

「でも、顔も見せず名前も語らず、片思いを押しつける。さような迷惑をかけられて、そこから、あらぬ事件になることもあります」

「その逆もあります」

「逆……？」

錦が訊き返すと、秋山は真顔で大きく頷いて、

「相手を教えたがために、やめてくれと訴えるどころか刃傷沙汰になることもありました。なので、私どもとしては事件に関わりを持ちたくありませんし、事件になるようなことは控えております」

と強い口調で言った。

「とはいっても、依頼人が誰かも知らずに偽名の文を書くなんてことをするから、事件になることもあるのではありませんか」

「なんということを……私どもは……」

「良心の欠片があるなら、もし次に依頼に来たときには、断って下さい。相手から、文句が来たと。用件があれば、私に直に会いに来るようにと言って下さいまし」

「それは……」

「代書屋のお仕事は大切なことだと思っております。あなた方が書く文で、成就した恋もあるでしょう。でも、迷惑だという相手に無理に送りつける手伝いをするのは、あなた方の本分でもございませんでしょ」

「……」

「私も古来からの詩歌を読むことはあります。決して花鳥風月を好まないわけではありませんが、どうかお察し下さいませ」

錦はハッキリと申し述べて表に出ると、折良く、おさよらしき娘が帰ってきた。ぶつかりそうになって、おさよは避けると、

「ごめんなさい。わっ……綺麗なお姉様」

と謝った。

素直で明るそうな可愛げのある娘である。錦も思わず「こちらこそ」と微笑み、

「あなたが、おさよさん？」

「はい。お姉様は？」

おさよも笑顔で訊き返したが、奥から秋山が不機嫌な面構えで、

「余計なことは話さなくていいよ、おさよ」

と声をかけた。不審そうな表情に変わるおさよに、錦は微笑んだまま、

「ご主人に話しておきましたから、以後、気をつけて下さいね。お父様のことは、奉行所でも聞いています。頑張ってね」

励ますように言って立ち去るのだった。

見送っていたおさよは小首を傾げていたが、秋山に呼ばれて店に入った。

「――で、様子はどうだった。『千鳥《ちどり》』の方は……」

「あ、はい……特に変わった様子はありませんでした。でも、今日は、公儀御用達の材木問屋……たしか『日向屋《ひゅうがや》』の番頭さんがお客さんを連れてくるとかです。後で屋形船に乗って大川に繰り出すらしいですけど」

「誰か侍はいなかったか」

「いいえ。商人の方ばかりでした」

「そうか……これまで、探るような真似をさせて悪かった。もう二度と『千鳥』に行くことはない」

「でも、私も父上が何故あんな目に遭ったのかが、ずっと気懸かりで……」

「それは俺の仕事だ。済まなかったな」

詫びる秋山の顔には、まるで父親のような表情が浮かんでいた。

柳橋には船宿がずらりと並んでいるが、その一角に『千鳥』はあった。瀟洒な店構えで、他の店ほど人の出入りはなく、客が芸者を上げて騒ぐこともめったになかった。

その前に、人足が担ぐ立派な町人駕籠が停まる。ふたりの手代風が随行しており、辺りを見廻してから駕籠の扉を開けた。

すると、『千鳥』の女将らしき女や仲居たちが揃って出迎え、深々と頭を下げた。

「お待ちしておりました。いつもご贔屓に、ありがとうございます。さあさあ、『日向屋』の番頭さん、嘉兵衛《かへえ》さんがいらっしゃいましたよ。めでたや、めでたや」

はやすように女将が手を叩くと、男衆も店の中に控えていて、まるで大名でも来たかのようにもてはやしながら座敷に招いた。

そんな様子を――。

少しばかり離れた路地から、行商人風の男が見ていた。明らかに嘉兵衛を尾《つ》けてきた様子である。

さらにしばらく通りを見ていると、今度は黒塗りの武家駕籠が来たが、店の前を通り過ぎると、そのまま裏手に向かい、川に張り出した『千鳥』専用の栈橋の手前で停まった。

武家駕籠から降り立ったのは、微行頭巾《びこうずきん》の侍だった。大身らしき身形《みなり》で、先に栈橋で待っていた女将が、深々と頭を下げて、

「嘉兵衛さんはもういらっしゃっております。お殿様。今日のおかげんは如何ですか」

「余計な話はよい、千登勢《ちとせ》。すぐに船を出させろ」

無粋な声で侍が言うと、千登勢と呼ばれた女将の艶めいた化粧顔が強ばった。

「申し訳ありません。ささ、どうぞ、こちらへ」

恐縮して招く千登勢の後について、侍はゆっくりと栈橋を歩いていき、護衛の侍ふたりも一緒に屋形船に乗り込んだ。

すでに中には、嘉兵衛がひとりで高膳を前に背筋を伸ばして待っており、侍が護衛とともに入ってくると、さらに緊張が膨らんだ面持ちになって、

「わざわざ、おでまし願って恐縮至極にございます」

と頭を床に擦りつけた。

特に何も答えず、侍が上座に座ると、ゆっくりと屋形船は桟橋から離れた。

大川に出た頃に、丁度、大爆音の花火が上がり、障子窓を閉め切った中でも、煌めく光が華麗に広がった。だが、嘉兵衛と侍は押し黙ったまま、ただ杯を重ねていた。

「徳川家菩提寺である増上寺の改築普請は、二十五万両もの大普請になると幕閣内でも取り沙汰されておる。ゆえに、材木問屋や普請請負問屋らが談合などをして、それをもって壟断《ろうだん》されるようなことがあれば、上様のみならず徳川一門の消しがたい汚点となる」

「承知しております。尾藤《びとう》様……」

「おい。何処に密偵がいるか分からぬのだ。名前を呼ぶな」

「しかし、ここは川の上ですので……」

「一々、口答えをするな」

不愉快げに言った侍は、まだ微行頭巾を外しておらず、酒は口元の隙間から啜る

ように飲んでいた。嘉兵衛が恐縮していると、

「普請の図面を持参した」

と侍がポツリと言った。すぐに控えている家来が大きめの封書を風呂敷から取り出して、嘉兵衛の前に広げた。それを見た嘉兵衛は目を丸くして、

「――これはこれは……思いの外の大普請でございますな」

と大きな溜息をついた。図面を自分でも引くという嘉兵衛は、並々ならぬ大規模な改築であることを一瞬にして理解した。

「入れ札の値は、決まったのでありましょうか、尾藤様」

「また名を言いおって」

舌打ちをした尾藤と呼ばれた侍は、腹立たしげに文句を垂らしながらも、窮屈そうに頭巾を外した。屋形船が離岸したから安心したのかもしれない。その顔は横柄な物言いとは違って、まるで公家のような穏やかで優しげな目をしていた。

「こっちが聞きたい、嘉兵衛……この図面を見て、おまえなら幾らでできる」

尾藤が尋ねると、嘉兵衛はしばらく睨むように絵図面を見ていたが、何度も頷きながら顔を上げて、

「さようでございますな……うちならば、二十万両でできます」

「ほう……」

「材木はうちに腐るほどありますし、仕入れ先の山は幾つも押さえております。普請請負問屋を通せば、かなり上乗せされますが、『日向屋』が直に受けることができれば、それ以下でもできるかもしれませぬ」

「ならば、五万両以上が浮く……ということだな」

「はい。つまり、私どもが請け負えば、尾藤様の懐には五万両が……」

嘉兵衛の言葉に、尾藤はニンマリと口元を緩めたが、すぐに無表情に戻り、

「入れ札の値は幾らが相応しいか、おまえが決めろ」

「えっ。それは……普請奉行の尾藤様が、勘定奉行様らと慎重にお計らいの上に、お定めになるのでは」

戸惑った表情になる嘉兵衛に、淡々と尾藤は言った。

「覚えておるか。公儀御用達の普請請負問屋『相模屋《さがみや》』と材木問屋組合肝煎りの『大黒屋《だいこくや》』が結託したのがバレて、公儀からお咎めを受けた。謹慎などという甘い処分ではなく、盗みと同罪になり死罪となったことを」

「は、はい……まだ二年前のことでございますので……」

「その後、『大黒屋』の代わりに、『日向屋』を推挙したのは……誰だ」

「もちろん、尾藤様でございます。しかし、うちの主人・銀《ぎん》右《え》衛門《もん》はまだ弱冠二十歳の若造でございまして」

「分かっておる」

「ですから、肝煎りにはまだまだ相応しくないと辞退を致しました」

「儂《わし》が目をかけたのは、嘉兵衛、おまえの方だ」

「私……」

「大店《おおだな》の主人など、若造でも年寄りでも飾り物に過ぎぬ。おまえのような立派な番頭が商いの要ではないか」

「ええ、まあ……しかし、私なんぞ取るに足らぬ半端者でございます」

「謙遜するな。半端者があれこれ策を弄して、『日向屋』のような老舗の番頭に収まったのであろうが」

「えっ……」

　嘉兵衛は何を言い出すのだとばかりに、尾藤を見つめた。だが、尾藤は何もかも

承知しているかのように睨み返し、

「半端者だからこそ、儂と組んで店をもっともっと大きくすればよかろう」

と強引な口調で言った。

すると、嘉兵衛の方も俄に欲深げな顔つきになって、

「さようでございますな。尾藤様の後ろ盾があれば、此度の御普請もつつがなくできそうな気がします」

「入れ札の値は厳重に封印して、勘定所の金庫に保管することになっておる。決して漏れてはならぬのだ。だからこそ、おまえが決めるがよい。ピタリと当たれば、『日向屋』が一手に請け負うことになるのだからな」

「――よく分かりました。何卒、宜しくお願い致します」

嘉兵衛がそう言ったとき、櫓《ろ》が動く音が止まった。敏感なのであろう、すぐに異変を察した尾藤が目配せをすると、家来の侍がふたり同時に艫《とも》の方の障子戸を開けた。

そこには、船頭が耳をそばだてるように近づいていた。

「あっ――!?」

思わず逃げようとした船頭の背中に、家来のひとりが素早い抜刀術で一太刀浴びせた。一度、振り返った船頭は、屋形船の中のふたりの姿を焼き付けるように、カッと目を見開いた。その首根っこに家来が二の太刀を浴びせると、船頭は仰向けに川に落ちた。

花火が轟音とともに大空に上がっており、人々は仰ぎ見ていたせいか、船頭が川面に沈んでいく様子など誰も見ていなかった。

三

代書屋秋山の店に、若旦那風の男が訪ねてきたのは、花火の翌日のことだった。

店主の秋山は背中を向けて仕事をしていたが、おさよは店に入ってきた若旦那風を見て、思わず恥ずかしげに俯いた。

「また頼みたいのだが、いいかな」

若旦那風が気弱な感じで申し訳なさそうに尋ねると、おさよもはにかんだまま、

「はい」と小さな声で頷いた。

いつぞや、薬師堂の境内で、ならず者に殴られているのを、錦が助けた若者である。秋山も振り返って、妙によそよそしい感じで見ていた。金払いは良いのだが、番所医という奉行所に通う女医者とは、あまり関わりたくなかったからである。

おさよが何か言う前に、秋山の方から声をかけた。

「もうおまえさんの代書は断るからな」

「えっ……」

どういうことかと、若旦那風はおさよに救いを求めるような目で見た。だが、おさよも仕方がないといった顔になって、傍らの文箱から、数通の恋文を差し出した。

若旦那風はそれを見るなり、目が点になった。

「返しに来られました。二度と送らないで欲しいと……あなたが届けていたのは、八田錦さんというお医者様だったのですね」

なぜ錦が、おさよの代筆だと分かったのか、簡単に話してから、

「私どもは依頼人が誰か、代わりに書いた文を誰に届けるかは訊かないことにしていました。でも、悪事に使われることもあるとかで、今後は依頼した差出人と届け先をキチンと書き留めておくようにと、奉行所からも話が来ました」

「ああ、そうなのか……」

バツが悪そうに若旦那風は頭を掻いたが、おさよはじっと相手を見据えながら、

「主人は今後は断ると申しましたが、届ける相手とあなた様のお名前をお教え下されば、代書はできます。もちろん、書き留めたものは誰にも見せたりしません」

「……」

「言いたくなければ、代書をすることは叶いません」

おさよが意を決したように言うと、若旦那風は黙ったまま俯いていた。その姿に、おさよは申し訳なく感じたのか、

「──実は私……あなたに助けられたことがあります……」

「えっ……？」

秋山も思わず、ふたりの顔を見つめた。

「もう一年程前のことですが、大川の花火を見ていたとき、柄の悪い人たちにからかわれていたところを、あなたが追っ払ってくれたのです」

「俺が……」

「はい。もし、あのままだったら、私、何処かに連れていかれて、酷い目に遭って

いたかもしれません。恩人なんです」

しっかりした口調で言うおさよを、秋山も意外な目で見守っている。

「それは人違いだろう。俺は喧嘩なんか弱いし、人助けなんてする柄じゃない」

「でも、私、ハッキリと覚えているのです。あなたの顔、その耳の下にある黒子《ほくろ》、少し嗄《しゃが》れたその声……でも、何処の何方かも分からないまま別れました」

「……」

「そのあなたが、いつぞや、ぶらっとここに来て下さった。神様のお導きかと思いました。とても嬉しかった」

おさよは感激したように話していたが、少し寂しげな目になって、

「でも、あなたが頼んだのは、何方かに宛てた恋文でした……なので私、胸が痛んだけれど、何も言えませんでした。私の代書で、あなたの恋が成就すればいいなあって、それで私、恩返しができるかもって……」

そんな思いの丈を伝えた。

黙って聞いていた若旦那風に、秋山の方が苦笑しながら、

「だが、とんでもない相手だった。相手は年上だし、立派な女医者だ。おまえさん

とは不釣り合い極まりないな」

「……」

「うちのおさよの恩人とは知らなかったが、俺からも礼を言う。この娘《こ》は俺の亡き親友のひとり娘でな。大事にしているのだ。悪いが、二度と代書は無理だな」

秋山が言うと、若旦那風は深々と頭を下げて、店から出ていこうとした。その背中に、おさよが声をかけた。

「あの……私はそうは思っておりません……八田錦先生という御方は、まだあなたがどのような人か知りもしません」

振り返る若旦那風に、おさよは微笑みかけて、

「あなたが好きになったのですから、きっと理由があるのでしょう。今度はキチンと名乗って、堂々と文をお届けしませんか。そのためなら私、お力になりたい」

「――おいおい……」

呆れ顔で見ている秋山の前で、おさよと若旦那風はなんとなく分かり合ったような表情で見つめ合っている。

「宜しかったら、あなたのお名前をお教え下さらないでしょうか」

切実な顔でおさよが訊くと、若旦那風はしばらく考えていたが、小さく頷いて、

「俺は……『日向屋』という材木問屋の倅《せがれ》で……いや主人で、銀右衛門という者です」

と答えた瞬間、秋山が腰を浮かせて素っ頓狂な声を上げた。

「なんだと、『日向屋』だと！　それは、まことか！」

秋山の異様なまでの態度に、おさよと若旦那風は何事かと驚いて佇んでいた。

深川にある材木問屋『日向屋』は、老舗らしい堂々たる店構えだが、豪商というほどではない。だが、近々、公儀御用達の金看板を掲げることができ、同時に材木問屋仲間の肝煎りになるかもしれぬとの噂があるため、客や人足らの出入りも多かった。

そこに、錦がひとりで訪ねてきた。涼しげな浴衣姿で、手には銀右衛門から届いた文を持っている。

荒々しい男衆が忙しそうに働いている材木問屋には相応しくない美形の女に、誰もが動きを止めて振り返った。白衣でもなく薬箱も持っていないので、普段着姿の

深川芸者ではないかと思ったくらいだった。

店の帳場から、やはり目を煌めかせながら、番頭の嘉兵衛が立ち上がって近づいてきた。謙ったように揉み手をしながら、

「これはこれは、何処の大店のお嬢様でしょうか」

と相好を崩した。商家の娘なら、キチンと髪を割鹿《わりか》の子《こ》に結い、薄手の羽織くらい身に纏っているであろう。

「ご主人の銀右衛門さんにお目にかかりたくて参りました」

錦が軽く頭を下げると、嘉兵衛は意外な目つきで、

「銀右衛門……？」

と呼び捨てて繰り返したものの、明らかに余所行きの態度に変えて、

「申し訳ございません。主人は所用で出かけておりますので、私が承ります」

「どちらに出向かれているのでしょうか」

「え、それは……」

「直にお目にかかって、お話をしたいことがあるのです。ご商売のお邪魔にならないようにしますので、待たせて頂いて構いませんか」

「ええ、それはいいですが……」

嘉兵衛が訝しげに何方かと尋ねると、番所医の八田錦だと名乗った。なぜか驚いた顔になった嘉兵衛だが、平静を装うように、

「番所医……もしかして、御番所に詰めておられるお医者様ですか」

「北町奉行所に、月に何度か出向くだけです」

「そうですか……北町の御番所に……」

なぜか嘉兵衛は気が重くなったような顔つきになって、

「今日はいつ帰ってくるか分かりませんので、また改めてお願いできませんでしょうか。よほど急ぎの用事でなければ」

「本当はいらっしゃるのでしょ」

「えっ……」

「だって、今日、この刻限に来るよう、銀右衛門さんから、この文を頂きましたので」

「銀右衛門が……」

また呼び捨てにしたのを聞いて、錦はすぐに問い返した。

「このお店では、ご主人の名をいつも呼び捨てにしているのですか」

「あ、いえ……余所様に対して、主人のことを呼び捨てにするのは当たり前かと存じますが、それが何か」

少しばかり険悪な感じで答えた嘉兵衛の顔を、錦はじっと見据えていた。たまらず「何か」と嘉兵衛が訊くと、

「顔色が黄疸がかって良くありません。お酒の飲み過ぎでしょうか、肝の臓が悪いかもしれませんので、一度、ちゃんと医者に診て貰った方が宜しいと思います」

「——余計なお世話です……とにかく主人はいないので、改めてお越し下さい」

そう言ったとき、店の表から、手代姿ではあるが、鳶《とび》や人足のような屈強な体つきの男がふたり、入ってきた。背丈の大きな方は首に晒し布を包帯のように巻いている。

「お帰りなさいませ」

店の小僧らが声をかけた。同時に、嘉兵衛は追っ払うような仕草で、手代姿ふたりに手を振った。だが、首に晒し布を巻いた男の方が、

「大丈夫です。しばらく出歩けないようにしておきやした」

と野太い声で言った。

嘉兵衛はさらに目配せをしたが、手代姿たちは鈍いのか、なんにも気づいていない様子で、浴衣姿の女に背後から近づき、廻り込むようにして顔を見た。だが、特に何も異変は感じておらず、

「これは綺麗な……何処の娘さんでございましょうや」

と助平たらしい顔つきになった。

「――なんだ。あなた方でしたか……これは、どういうことでしょうか」

「えっ……？」

何のことだと手代姿たちは小首を傾げたが、錦の方が顔を近づけながら、

「覚えてませんか。いつぞやの夕暮れ、日本橋の薬師堂の境内で……その首を岡っ引きの親分にへし折られそうになったのを、治してあげたのですが」

「あッ……ああ！」

「もしかして、あなた方がいたぶっていたのは、銀右衛門さんなのではありませんか」

手代姿ふたりは息を呑み込んだが、嘉兵衛もその話の顚末を承知していたのか、

「お客様を丁重に、お見送りしなさい」

厄介そうな目つきに変わった。

「常吉《つねきち》、源太《げんた》。お客様を丁重に、お見送りしなさい」

すぐに手代姿ふたりは、錦を追い出そうとした。が、先日のことがあるので、只ならぬ相手と思って、二の足を踏んだ。その様子を見て、錦は微かに微笑んで、

「首はまだ治っていませんね。無理に乱暴なことをすると、折れてしまいますよ」

「う、うるせえ……」

首に手をあてがいながら常吉が答えると、源太も尻込みした。

そこへ、佐々木と嵐山が客たちを押し分けて入ってきた。十手をちらつかせながら、乱暴な口調でいきなり、

「嘉兵衛。ちょいと聞きたいことがある」

と佐々木が言った。

「ど、どちら様でしょうか……」

「俺を知らぬのか。本所見廻りは所詮、ただの見廻り。殺しや盗みは俺たち定町廻りが探索しているんだ」

佐々木が凄むと、錦が「北町奉行所の同心ですよ」と言い足した。

「一体、なんでございましょう……」

姿勢を正す嘉兵衛に、佐々木はズイと近づいて、

「おまえは先日の花火の夜、誰かは知らぬが、大層なご身分らしき武家と会っておるな。白を切っても無駄だ。船宿の女将が話しておる」

「さあ……私は屋形船なんぞに乗っておりませんが」

「誰が屋形船に乗ったなんて話をした」

「えっ……旦那が、船宿と申しましたから、てっきり……」

「隠しても仕方があるまい。『千鳥』といえば、おまえの行きつけの船宿だ。しかも、女将の千登勢は、そのお武家の囲い女だというではないか。あくまでも噂だがな」

「――それが、何か……」

「おまえとその御仁とやらが乗った屋形船の船頭が、土左衛門で見つかった。いや、殺された上で、大川に落ちたのだろう……見るも無惨な姿でな。ですよね、はちきん先生」

と佐々木が振り向くと、錦は「はちきん」という言葉が嫌で睨みつけたものの、

自分が亡骸を検分したと説明した。

「私には何の話か……」

知らぬ顔をする嘉兵衛を覗き込むように、佐々木が付け足した。

「それがな、殺されたのはただの船頭ではなく、元は隠密廻り同心だったのだ。沢《さわ》木《き》徳《とく》馬《ま》という歴とした武士だ」

「ええ？　ますますもって話が分かりませんが……その元隠密廻りとやらが、どうして船頭なんぞをしていたのです」

「おまえたちを探るために決まっているではないか。他にも仲間がいて行商などに扮して調べていた。だが、沢木は下手を踏んだか、何か大事なことを聞いたから殺された……そう考えるのが当たり前だろうが」

「そんな無茶苦茶な。まるで私が殺したとでも言いたげな……」

「おまえとは言っていない。どうせ、おまえと一緒にいた侍の家来が殺したのだろう。ふたり同船したと聞いている」

「……」

「なあ、嘉兵衛……おまえと一緒にいた侍が誰かを話せば、昔の悪事は黙っておいてやってもいいぜ」

「昔の悪事……？」

「叩けば埃が山ほど舞い上がるだろうぜ」

佐々木が鎌を掛けるように言っても、嘉兵衛はもう何も喋らないとばかりに、口を一文字に閉じた。その嘉兵衛の肩に、嵐山が十手を突きつけて、

「千登勢は所詮、囲い女に過ぎぬ。知らぬ間に殺しの手伝いをさせられたとあっては、本当のことを話さざるを得まい」

「……」

「さあ、どうする。あくまでも黙っているつもりか」

何度か嵐山に十手で責め立てられたが、嘉兵衛は乱暴に払うと、

「隠密廻りがどうの、さる御仁がなんだのと……私が何か悪いことでもしたのなら、証拠を持ってきて下さい。身に覚えのないことで脅されても、私にはなんともしようがございませんのでね」

と居直ったように言った。しかも、薄ら笑いさえ浮かべている。

「ねえ、八田錦先生とやら……人殺しだろうが、盗みだろうが、証を立てられない

のに罪人にされてはたまりませんよ」

「……」

「先生は、その船頭に扮した元同心とやらの刀傷を検分したのでしょう？　その傷から、私がやったことだと分かるのですか。あるいは、私と一緒にいた誰かが斬り殺したと、どうやって証すのですか」

勝ち誇ったような顔になる嘉兵衛に、錦は真剣な眼差しを向けて、

「もう自分で話しています。佐々木さんも私も、斬り殺されたなんて一言も言ってませんよ。見つかった土左衛門は、溺れる前に殺されていたと話しただけで、刀傷があったとも言ってませんが」

「！……いや、誰だって、そう思うでしょうが。しかも、侍の仕業となれば」

「やはり侍もいたのですね」

「……知らない。馬鹿馬鹿しい。もう帰ってくれ。さあ！」

あくまでも証を立てられないのなら、下手人扱いされるのは御免だと言い張った。

すると、黙って聞いていた佐々木は、

「確かに、おまえの言うのも道理だ。今一度、調べてから出直すことにする」

と言ってから、錦に向き直り、

「で、錦先生……あんたに恋文を送りつけた若旦那には会えたのかい」

「いいえ。そこの手代ふたりが、銀右衛門さんを出歩けないようにしたそうです」

挑発的に言う錦を、嘉兵衛たちは憎々しげに見ていたが、佐々木は嵐山の肩を叩いて出ていった。

「今日のところは失礼します」

錦も退散せざるを得なかったが、何か曰くありげな言い草だった。

嘉兵衛は鋭い目で見送ってから、常吉と源太に向かって、

「――奴らは鎌を掛けてきただけだ。なにひとつ証はないのだ。こっちには、あの御仁がいるのだ。ジタバタせずに、やることだけをやって時を待て。いいな」

と、まるでならず者の頭領のような面相で告げるのだった。

四

根津権現は今を盛りと菖蒲の花が咲いている。この神社を取り囲むように、ぽつ

りぽつりとではあるが、大店の寮があった。

その一軒はほとんど使われることがないので、庭の手入れが悪く、行灯明かりが漏れることも希であった。ここでは、四年前に主人が首を吊るという事件があったために、店の者でもあまり近づかず、周辺の者たちも幽霊屋敷と噂していた。

亡くなった主人というのは、材木問屋『日向屋』の先代・京左衛門《きょうざえもん》だった。五代目というから老舗には違いないが、代々、欲がないのか決して大きな商売はしていなかった。むしろ、江戸市中の橋梁の補修など地味な仕事を請け負っていた。

その寮は今日も真っ暗だったが、真夜中になって人影が現れた。武家屋敷を真似た冠木門《かぶき》の中は、伸び放題の雑草だらけである。それを払い分けるようにして、母屋に近づいてきたのは、常吉と源太だった。

ふたりは示し合わせたように頷くと、心張り棒も掛けられていない玄関を抜け、土足のまま奥に入った。

うっすらと行灯明かりが漏れている部屋の前まで行くと、ふたりとも懐に持っていた匕首を抜いた。そして、いきなり障子戸を引き開けると、そこは仏間になっていて、銀右衛門がひとりで座っていた。

気配に気づいていなかったのか、銀右衛門はアッと息を呑み込んだ。

「お、おまえたち……」

だが、まったく身動きができなかった。後ろ手に縛られ、足も縄で結われていたのだ。銀右衛門は恐怖の顔になって、

「た……助けて……俺は何も……誰にも話さないから……」

と哀願した。

「もう遅い。嘉兵衛に殺せと命じられた。悪く思うなよ」

「嫌だ……俺はまだ二十歳になったばかりだ……頼むよ。助けておくれよ」

「無理だな。おまえ如きに顎で使われるのも懲り懲りだからな」

「勘弁しておくれよ。あれは人前で、主人らしいふりをしていろと、嘉兵衛さんに言われてただけのことだ。あんたたちも知ってるだろ。なあ、常吉兄貴ィ」

「都合の良いときだけ兄貴呼ばわりか」

常吉は無慈悲な顔で、匕首を銀右衛門の喉元に添えた。

「や、やめて……」

「おまえみたいな、何の取り柄もねえガキが、少しの間でも若旦那の真似ができて

幸せだったじゃねえか」

「助けてくれよ、お願いだ……」

「俺たちも嘉兵衛には逆らえないんでな。おまえを殺《や》っちまったら、江戸からトンズラをこく。しばらく楽して遊べる金も貰ったからな。南無阿弥陀仏」

そう唱えてひと思いに喉に匕首を突き立てようとしたが、銀右衛門は必死に仰向けに倒れて逃れようとした。だが、その膝を源太が踏んで押さえつけると、常吉が馬乗りになって、喉を突き刺そうとした。

そのときである。チリンと風鈴が鳴る音がして、同時に襖が倒れ、隣室から黒い人影がふらりと現れた。

「――だ、誰でえ……」

常吉が銀右衛門から離れて身構えると、源太も腰を落として匕首を握り返した。

ふたりからは、黒い人影の顔が見えない。

「おまえらは所詮、下っ端。銀右衛門を始末したところで、今度はおまえたちが殺されるぞ。知っていることを話すなら、命だけは助けてやってもいい」

黒い人影が物静かだが、不気味な口調で言った。常吉と源太は一瞬、怯《ひる》んだもの

の、

「死ぬのはてめえの方だ！」

と同時に突きかかった。

だが、黒い人影は避けもせず、刀を抜き払うや一太刀でふたりを斬り捨てた。喉元を斬り裂いたのか、呻き声すら出なかった。

「ひ、ひぇえ……」

銀右衛門の方が悲鳴を上げながら、背中を床にずらしながら逃げようとしたが、その目の前に切っ先が突き立てられた。

叫びたくなる声を引っ込めて、行灯明かりに浮かぶ人影を見るなり、銀右衛門の目が飛び出した。何か言おうとするが、はっきりと声には出せなかった。

「あ、あんたは……だ、代書屋の……」

目の前に立っていたのは、秋山拓兵衛だった。仁王か不動明王のような憤怒の形相であった。銀右衛門は身動きできず、自分も殺されると思ったのか、必死に殺さないでくれと哀願した。

「話します……知ってることなら、何でも話します……俺は『日向屋』の若旦那でも主人でもありません……でも信じて下さい……俺は、俺は……人殺しなんぞしたことはありません……嘉兵衛の言いなりになっていただけです……あれでも私には命の恩人なんです。ほ、本当です……」

懸命に言い訳めいたことを嗄れ声で漏らす銀右衛門を、秋山は険しい顔で見下ろしながらも、わずかに慈悲の笑みを浮かべ、

「おまえは殺さぬ……おさよが惚れていたらしいからな」

「えっ……」

「だが、言っておく。おまえはどう足掻いても地獄にしか堕ちない。地獄に行く前に、洗い浚い吐いてスッキリして行くか、それとも汚れたままで行くかで、苦しみが変わる」

「……」

「もしかしたら、仏様が救いの手を差し伸べてくれるかもしれぬぞ」

秋山が言っている意味は、銀右衛門なりに分かっているつもりだった。

その夜のうちに、銀右衛門が密かに連れてこられたのは、秋山の店だった。窮屈

な奥の部屋に押しやられて、まるで与力か同心のように、秋山は銀右衛門を責め立てた。

「さあ、正直に話して貰おうか。おまえがどのようにして、『日向屋』の主人に収まることができたのかを」

「へ、へえ……」

銀右衛門は喉を鳴らして茶を飲み干すと、ふうっと長い溜息をついて、

「本当の名は、銀次ってんだ……俺はただの悪ガキだった。生みの親なんぞ顔も知らねえ。身寄りもなくて、物心ついた頃から、深川の外れ、猿江の御材木蔵辺りで物乞い同然の暮らしをしてた」

「深川……」

「あの辺りは田畑が広がってるけど、羅漢寺があって人の出入りもある。大きな武家屋敷があったり、足を伸ばせば浄心寺や富岡八幡宮などもあって、なにがしか物が落ちてるから拾って売ったり、出店の団子なんかを盗んで腹を満たしていた」

そのうち、同じような身の上の悪ガキ連中の兄貴分とつるんで、かっぱらいどころか刃物で脅して、商家や長屋に押し込みなどもやるようになったという。

「でも、人は殺しちゃいないぜ。腕っ節は弱いし、臆病だからよ。いつも上手いこと逃げることができたのは、悪い仲間たちが匿《かくま》ってくれたりしたからだ」

そのうち、地廻りのならず者に組み込まれる子供もいる。一端のやくざ者にでもなったつもりで阿漕なことをして、町方同心に捕まって島流しにされる者もいたという。十五歳未満はたとえ死罪でも一等減刑されて、親戚や町役人らに預けられる。そのため、死罪を免れるが、軽犯罪で捕まる多くの子供たちは罰を受けても結局、元の木阿弥になる。

「俺だってそうだ。足を洗おうにも、ろくに文字も書けなけりゃ、算盤も置けねえから、奉公なんざ到底、無理。だから、他人様のものを盗むか物乞いをするしかなかったんだ」

懸命に身の上を語る銀右衛門こと銀次だが、秋山は同情の欠片もない目つきで、

「世の中、おまえみたいなガキは幾らでもいる。だが、ほとんどは親を恨むこともなく、懸命に頑張って、まっとうに生きている」

「さあ、それはどうだかねえ……上手くいったのはよほど運がいいか、悪さがバレてないだけだと思うけど」

鼻白む顔で言い返す銀次の胸を、秋山は軽く突いて、

「心がけ次第だよ。おまえは我が身の不遇を、世間や親のせいにしただけだ」

「親のせいじゃないか。俺を捨てたんだからな。そんなガキに世間は冷てえ……何か悪さをすれば、そこまでやることないのにと言うがよ、性根がひん曲がる前に助けてくれる人間がこの世にいるってえのかッ」

自分勝手な言い分ながら、秋山は強く反論はできなかった。一理あるからだ。

「それでも悪いことをしない奴はいる。文字だって書けるように練習したり、算盤がなくても数を学ぶことだってできたはずだ」

俯く銀次に、秋山はからかうように、

「文字が書けないから、恋文を頼みに来たってわけか」

「……」

「直に口で伝える度胸もないから、人を頼ったわけだな。だが、どう見ても、おまえには高嶺の花だな。それとも、『日向屋』の若旦那ならば、靡《なび》いてくるとでも思ったか」

さらに秋山が小馬鹿にすると、半ばムキになって銀次が返した。

「違う。違うよッ。俺があの先生に恋文を宛てたのは……」

「なんだ。助平心じゃないとでも？」

「あの人は、八丁堀にも診療所を構えてて、町場の貧しい人たちを相手に、病や怪我を只で治してる」

「だからなんだ。医は仁術と言うがな」

「俺もたまたま、一度だけ、助けて貰ったことがある。酔っ払って、土手から足を滑らせて河原に落ちたとき、頭をしたたか打って、死にかかったことがあるのを……」

「……」

「通りかかった、あの先生が助けてくれて、知り合いの町医者に預けてくれたんだ……俺はずっと意識が朦朧としていたけれど、綺麗な人が懸命に治療してくれているのを、ぼんやりと覚えている。まさしく夢だと思った。後になって、その町医者が教えてくれたんだ。助けてくれたのは、八田錦先生だって」

「だから恩義を感じて、恋文か」

また、からかうように言う秋山に、銀次は首を横に振りながら、

「御番所のお医者さんだと知って、この人なら本当のことを話せるかもと思ったんだ。同心の旦那に話したら、こっちがえらい目に遭うと思ってさ」

「本当のこと……？　なんだ、それは」

「……」

「俺にも言えないのか。たった今、命を助けてやったのに」

恩着せがましく秋山が言っても、銀次はその先を話すのを躊躇《ためら》った。が、しみじみと秋山を見上げて、

「そういや、どうして俺を助けてくれたんだい」

「ま、そのうち分かるよ」

秋山が、余計なことは勘繰るなとでも言いたげに睨みつけると、銀次も真顔で、

「だったら代書屋さん。俺の思いを八田先生に、もう一度、書いてくれないか」

「何度、恋文を出しても無駄だと思うがな」

「そうじゃねえ……あの先生なら、色々と相談ができる。そんな気がしたんだ」

切実な声で銀次が言うと、ガタッと音がして奥から、おさよが出てきた。

「――なんだ、いたのか」

秋山の方が驚いた。おさよは真顔を銀次に向けて、

「八田先生へのお手紙、私が代筆しましょう」

「書いてくれるかい」

「はい。でも、今度は歯が浮くような言葉ではなく、あなたの真意を込めて下さい。そのお手伝いなら致します」

「ああ……文字を書けるもんなら、自分で書きてえくれえだが……頼んだぜ」

銀次の心の奥の思いを、おさよはすべて悟ったかのように、大きく頷いたが、

「でも、不思議なものですね……他人の恋文を何百と書いてきたのに、どうしても書けない相手がいる」

「書けない相手……」

「ええ。名文など書こうと思わず、自分の気持ちを素直に書けばいいと、秋山様には教えられましたが……相手にどう思われるかと考えると、妙に怖くなって……筆を持つ手が凍りついたように動かなくなってしまう」

おさよはまるで恋煩いでもしているように、頬を染めて、

「でも、あなたの思いならば、どんなことでもキチンと伝えてみせます」

と己を鼓舞しながら、銀次を励ますのであった。

五

翌日、いつもの達筆でしたためられた文を、錦は奉行所で受け取った。

「また愛しい愛しい錦様に……と便りが来ましたかな」

井上は興味津々で覗き込もうとしたが、錦は丁寧にたたんで懐に入れると、凜とした目つきのままで、

「ほんに心打たれる文でした。これで私も遠慮なく、お応えしとう存じます」

「えっ……相手の気持ちを受け入れると」

「はい」

「誰なのです。錦先生の心を射止めた、そいつは……」

「深川の材木問屋『日向屋』の若旦那、銀右衛門さんです。ついては、井上様にお願いがございます。このお店のこと、特に嘉兵衛という番頭のことをお調べ下さいますか」

「それは、どういう……」

「もしかしたら、嫁入りするかもしれないのですから、どういうお店か、井上様のような熟練の年番方与力様からお墨付きを頂ければ、私も安心できますので」

「本気で言っているのですか……」

「ええ、何か不都合でも」

錦が訊き返すと、

「――こんなことを言ってはなんだが、あまり評判は良くないですぞ。いやなに、錦先生が騙されてるとか、相手に嫉妬しているわけではない」

「嫉妬……」

「あ、いや、そういうアレじゃない……色々と悪い噂というものは、我々の耳に入ってくるものでな」

「おや。そんな大店ならば御免被りたいですねえ。どんな悪い噂でしょう」

「それはここでは……あ、なんなら、今日の〝堅固伺い〟が終わったら、どうです私と食事でもしながら、その話を……」

「結構でございます」

　あっさりと断られたので、井上は両肩を落としたが、錦のために一肌脱ぐと言った。

「ならばついでに、此度の増上寺改築のことと、普請奉行の尾藤拓之亮《たくのすけ》様のこともお調べ下されば幸いです」

「な、なんと……錦先生はその話を何処から……」

「医者というのは、あちこち出入りしますし、元々、地獄耳なもので。すでに佐々木さんが探索しておられる、船頭殺しと関わりがあるかもしれません」

「まことか……いやいや。だとしても、普請奉行の尾藤様ならば、勘定奉行の堀田《ほった》主計頭《かずえのかみ》様とご親戚であるし、我ら町方が関わることでは……」

　明らかに尻込みする井上に、錦はかすかに侮蔑の笑みを浮かべて、

「年番方与力筆頭といえば、奉行所を統括するご身分で、お奉行の右腕ではありませんか。お奉行の家臣である内与力《うちよりき》よりも遥かに権限が強く、様々な不正を糺す立場と思っておりましたが」

「そ、そこまでは……錦先生はまたぞろ厄介なことに首を突っ込んで、ややこしいことをするつもりじゃないでしょうな」

「病ほど厄介なことはありません。役所という身に潜んでいる病を、きれいに治すのも番所医の務め……と存じます」

錦から自信たっぷりな眼差しを向けられて、井上は返す言葉に窮した。

「もし、お手伝い頂き、根深い病巣を取り出せた暁には、鰻屋にご一緒しても構いませんよ」

「えっ。まことですか。医者に二言はありませんね」

「ありません」

男女が鰻屋で一緒に食するのは、それなりの仲という意味合いがある。井上は年甲斐もなく舞い上がって、

「なに。私もかつては吟味方におったこともあるし、辻井様にもお世話になった。ははは、私の気性も、悪事だの不正だのは大嫌いでな。あはは、大船に乗ったつもりで、ガハハ」

と最後は意味のない大笑いをして、詰め所を立ち去った。

大川端の道を、佐々木は棒で雑草を突きながら、何やら調べている様子で歩いて

いた。その顔には苛立ちと焦りが入り交じっており、佐々木にしては珍しく真剣だった。

「旦那……」

嵐山が大きな体を揺らし、小走りで近づいてきた。船頭笠を手にしている。

「あの草むらにありました。おそらく沢木徳馬の旦那が、船頭に扮して被っていたものに違いありやせん」

「どうして、そう思う」

「『千鳥』の屋号が縁に書かれています。それに、こっちも見て下せえ」

差し出したのは、紺色の格子模様の財布だった。それを見た佐々木はすぐに手に取り、

「これは……」

「へえ。旦那も同じ物を持ってやすよね。たしか、大手柄を立てたとき、金一封の代わりに、遠山奉行様が下さる財布だとか……」

「ああ。そうだ……」

開けると裏に、『沢木徳馬』と刺繍がされている。

「奴は若かったが、中川さんが死んだときに奉行所を辞めている。自分の大恩人だから、もはや奉行所にいても仕方がないとな」

「でも、それは表向きの理由で、中川さんは殺されたに違いないと調べるためだった……それがもっぱらの噂でしたよね」

「ああ……」

「だったら隠密廻り同心として探索すればいいじゃないですか。よほどの覚悟があったんでやすかねえ」

「御用ならば証拠を集めて裁きにかけねばならぬ。だが、自分で始末をしたい……そう考えたのかもな」

佐々木は悔しそうに言うと、船頭笠と財布を検めながら、厳しい目つきになった。

その足で、佐々木が来たのは、船宿『千鳥』であった。

客入れの準備をしている慌ただしいときだったが、出迎えた女将の千登勢に、佐々木は船頭笠を突きつけて、

「この店の船頭の物だよな」

「あ、そうですが……」

「おまえも知ってのとおり、先日、殺された船頭は、元は隠密廻り同心だった男だ」

「えっ……!?」

「どういう経緯で雇ったかは訊くまい。どうせ、奴が……沢木が上手く取り入ったのだろう。この船宿を探るためにな」

「探るため……」

「本当は心当たりがあるだろう」

佐々木は探るような目になって、千登勢の艶やかな顔を舐めるように見た。わずかに首を竦めると、佐々木は続けて、

「俺が何度か出した恋文も、じっくりと読んでくれたかい」

「……」

「まさか破ったり燃やしたりしてないだろうな」

嫌らしく口元を歪めると、千登勢はさすが元は芸者だけに、暗記してるのかスラスラと唱えるように、

「――人は誰もいずれ死んでいく……それが浮き世の常ならば、命ある限り、おまえとともに生きたい……おまえのいない人生など考えられぬ。今宵は満月……あん

たも同じ月を眺めていることを、俺は願っている……」

と言った。

「嬉しいねえ……覚えてくれてたのかい」

佐々木は微笑を浮かべたが、千登勢の方は冷ややかな目で、

「色々な人から同じような文面で貰いましたからねえ。しかも同じ筆跡……本気で口説きたいのなら、旦那も自分の言葉で書いて下さいな」

突き放すように、千登勢は言った。

「口説くつもりなんかないよ」

「え……？」

「だって、おまえは元々は嘉兵衛の女。そして、今じゃ尾藤拓之亮様という偉い普請奉行様の情婦らしいではないか」

「……」

「そういう器量でもなきゃ、芸者上がりで、こんな船宿はなかなか営めまい。俺は探索のために、おまえに近づきたくて恋文を届けたのだが、それでも袖にされたようだな」

佐々木は皮肉っぽく口を歪めて、

「だがな、あながち気持ちは嘘でもない。この文の思いは、中川文太郎が書きそうなことだったからだ」

「中川文太郎……？」

「忘れたとは言わせないぞ。奴が殺されたのは、この船宿から少し先の土手の下だ。猿屋町会所からの帰りに、時々、立ち寄っていたらしいではないか」

事情を深く知っていそうな佐々木から、思わず千登勢は顔を背けた。だが、佐々木は構わず覗き込むように続けた。

「奴は子持ちのくせに、まだ芸者だったおまえに、一目惚れでゾッコンだったんだ」

「……」

「だが、俺と同じ貧乏同心だから、芸者を身請けする器量なんぞない。それでも十五、六のガキのようにおまえへの思いを募らせたのは、むしろ、この船宿の女将になってからだった。あれは……」

猿屋町会所に出向いた帰り、中川は丁度、柳橋に通りかかった辺りで、俄雨に遭

った。思わず船宿の軒下に飛び込み、顔を拭って、激しい雨足を眺めていると、

『あの、どうぞ、これを』と手拭いを差し出された。

振り返るとハッと輝く美貌の千登勢の顔が間近にあった。あの一目惚れした芸者ではないか。まさか、船宿の女将になっているとは知らず、思わず息を呑んだ。

千登勢は中川の様子に気づく様子もなく、濡れた肩を手拭いで拭いてやった。

『ど、どうも……あなたは芸者の……千登勢さんですよね……』

たまらず声をかけると、千登勢の方は見知らぬ顔の男に愛想笑いはしたものの、まさか何処かで一目惚れされているとは思ってもいなかった。その手の男は沢山いたから、一々、覚えてもいない。

千登勢は近くにあった蛇の目傘を開くと、

『どうぞ……町方の旦那ですね。返して頂かなくて結構ですから』

と差しかけて手渡すとき、ふたりの手がかすかに触れあった。それでも、千登勢の方は特に気遣う様子もなく、船宿の中に消えた。

だが、中川の方は雷に打たれたかのように見ていた。

「舞い上がるというのは、そのときの中川のようなことを言うのだろうな……もう

一度、もう一度だけ会いたいと、しつこく訪ねてくるようになった。見廻りと嘘を言って、おまえの顔を見に来るだけだった」

「……」

「まあ、おまえとしては厄介だっただろうよ。だが、ある日を境に、事情が変わった……中川は札差相手の金を扱う会所役人。勘定所の役人とも通じているから、公儀の金の動きには詳しい」

「……」

「だから、ここによく訪れる材木問屋『日向屋』と普請奉行・尾藤拓之亮様との関わりを知るようになった。だが、『日向屋』の主人はまだ若造で、ただのお飾り。店を取り仕切っているのは嘉兵衛だと分かった……その嘉兵衛こそが、おまえの身を引いてやった男だ。その上で、尾藤様に譲った」

佐々木は罪人を追い詰めるいつもの嫌らしい目つきになり、

「中川は、おまえと嘉兵衛や尾藤様との関わりに気づいた。しかも、色々と悪さを重ねていたことをな」

「……」

「そのうち、『日向屋』の先代主人、京左衛門が首を吊って死んだ……いや、嘉兵衛の手の者が自害に見せかけて殺した」

「――ば、馬鹿な……！」

千登勢は驚きと狼狽が入り交じった表情で、身を震わせた。

「そうだな。おまえは知らなかったかもしれないが、その疑いがあった。だから、中川は不審に思って俺にも相談し、探索を始めてしばらくして……ああいう目に遭った」

「……」

「その夜、中川を呼び出したのは、おまえだろう。恋文を送ってくる中川に、『私も本当は気懸かりなお人でした。あの俄雨の日に出会ったのが、ふたりの運命《さだめ》と思っておりましたが、お武家様に恋するなど、身の程知らずと思い、胸の痛みを隠しておりました』などと文を届けてな」

「そんな文など……」

「細かい内容などどうでもいい。とにかく、おまえは嘉兵衛の言いなりに、中川を呼び出した上で、尾藤の家来が殺した……そうだろう、千登勢……正直に話せば、まだ救われる道はある。殺すまでとは知らなかったと、お白洲で話せば、お奉行の遠山様は温情をかけて下さる」

「し、知りません……そんなこと……作り話はやめて下さい」

千登勢が必死に言い繕おうとしているのが、佐々木には手に取るように分かった。

「――私は十五の頃から、嘘と騙し合いの色街の水を飲んで生きてきた女です……そんな女が、年甲斐もなく心を傾けた殿方もいますがね……世の中、善かれ悪しかれ、金が物を言うんですよ」

「金のために、中川の口を封じたのか？」

「！……」

「そういう輩を庇うってことは、おまえも同じ穴の狢ってことだ。中川も女を見る目がなかったな……ハハ。殺されたのも自業自得ってか、このやろう！」

佐々木は感情が昂ぶって、今にも十手を叩きつけそうだった。だが、必死に歯を食いしばって自制心で留め、

「――おまえに送った俺の恋文はな……中川の残された娘が書いたものだ」

「えっ……!?」

「ひとりで生きていくために、父親から教わって鍛錬していた書を生かして、代書屋稼業をやってるのだ。まだ十六の娘なのによ」

「……」

「おまえが色街の水を飲み始めたのと同じ頃だ……中川がいれば、余計な苦労をせずに済んだ。しかも、何処でどうおかしくなったのか、その娘は『日向屋』の若旦那に惚れたらしいんだ……恩があるからってよ」

「恩……」

不思議がる千登勢に、佐々木は大きく頷きながら、

「ああ。中川がおまえの傘に感じたような、ちょっとした恩だよ」

「……」

「ふん。おまえにゃ分かるまいがな」

佐々木は嫌みな顔つきになると、「出直す」と言って背中を向けた。

六

その夜、店を閉めてから、厨房の片隅で、ひとり酒を呷《あお》る千登勢の目はすっかり据わっていた。浮き世の憂さを晴らしたいような、蓮っ葉な態度だった。

いきなり勝手口から、嘉兵衛が入ってきて、

「なんだ。いたのか。暗い中で、何をやってるんだ」

「遠い昔に帰りたくってさあ。あんたに出会う、ずっとずっと前にさ」

酔っ払っている口調で、さらに徳利から酒を注いで飲み干した。

「馬鹿に荒れてるじゃないか。嫌な客にでも絡まれたか」

「どんな嫌な客でも、あんたよりはマシかもしれないねえ……ふん。会わなきゃよかった羽織と帯よ、どっちが悪いかテンツクテンとくらあ……まったく」

「よせやい。おまえのお陰で、『日向屋』は安泰。俺の苦労も報われた。なあ……」

嘉兵衛は千登勢の側に寄って、

「千登勢……御前様が今宵、どうしてもおまえの肌が恋しいと言ってな。ここじゃなんだからってことで、『日向屋』の寮に来て待ってなさるんだ……迎えの駕籠も来てる。行ってくれるな」

「やなこった……こんなに酔ってるし、今日はそんな気分じゃないよ」

「そう言わずに、さあ……俺の顔を潰さないでくれ」

「しかも、根津の寮なんて御免だよ。『日向屋』の前の主人が首を括った……いや、殺された所なんざ、気味が悪い」

うつらうつらした目で言う千登勢の言い草に、嘉兵衛の目が俄にギラついて、

「どういう意味だ、千登勢」

「おや、やはりそうだったのかい……町方同心の旦那が今頃になって探ってるみたいだよ。しかも、あんたと御前様との関わりも、あれこれと訊きに来たけどねえ」

半ば探るような流し目になる千登勢の腕を、嘉兵衛は思わず摑んだ。

「い、痛いねえ……放しとくれな」

「その町方ってのは誰だ。もしかして、定町廻りの佐々木か」

「さあ、知りません」

千登勢は惚けて、軽く腕を振り払い、

「でもねえ、私はなんだか、怖いんだよ。あの銀右衛門だって、本当の若旦那じゃないんだろう。そりゃ分かるよ。私だって色々と汚い裏渡世を見てきたからねえ。先代の京左衛門の甥っ子と言われたって……どうも怪しいと思ってたんだ」

「――その同心とやらに、何か吹き込まれたのか」

「おや、気になるのかい……やっぱり、そうなんだ。だって、銀右衛門って、野暮ったい顔だし、どう見ても良い育ちはしてないもん」

真偽を確かめるように、千登勢は嘉兵衛の目の奥を覗き込んだ。

「亭主同然の俺を信じられないのか」

「本当の亭主だったら、女房を他の男に抱かせるかねえ」

反抗的な顔つきになる千登勢の頬を、嘉兵衛は軽く叩きながら、

「ふざけたことを言うなよ、千登勢。俺はどれだけ、おまえに金を使ってきたと思ってるんだ、ええッ？」

「その代わり、私だって随分、お役に立ったはずですがねえ……あんたって金のためなら、平気で女房を……いや、端から女房だなんて思ってなかった。身請けしたのは、色んな悪さを成就するのに利用するためかい」

「いい加減にしろよ」

「もう元はとっくに取ったでしょうに。人殺しの手伝いは金輪際、御免だね」

「なんだと……！」

「それとも、私を寮に呼び出すのは、自害に見せかけて殺すためかい。中川って同心を、私に呼び出させたようにさ」

蓮っ葉な口調でなじる千登勢に、嘉兵衛はカッとなって、

「もう一度、言ってみろ！」

「何度でも言うよ。もう元は取ったんじゃないのかい。私の身請け金のさ！」

「おまえ……」

嘉兵衛の顔が真っ赤になるが、一転して、優しく宥めるように、

「なあ、千登勢……そんなふうに言うなよ。これからも何でも買ってやる。船宿の女将が嫌なら、もっと楽なことを」

「……」

「いや何もしなくても、左団扇で暮らさせてやる。だから機嫌を直して、寮に行ってくれないか。今、俺はどうしても、御前様に逆らうわけにはいかないんだよ」

「今日は行かない。病だって言えばいいじゃないか……私は玩具じゃないんだよ」

突き放すように言う千登勢を、嘉兵衛は怒りの震えを抑えながら睨みつけた。

「そんな目で見ないでおくれな……私に恋文をくれた人のことを思い出したんだ。

迷惑な恋文だったけれど、あまりに可哀想だと思ってさ……」

「可哀想……？」

「だって、あの人は私も〝ほの字〟だと思い込んで、誘いに乗ったんだからさ……娘がいるってのに、馬鹿といえば馬鹿だけどさ」

俯き加減の千登勢は、雨の音にふっと顔を上げる。

障子窓の外に蕭々《しょうしょう》と雨が降り始めた。千登勢は窓辺に寄ると、虚ろな目で雨の糸を眺めている。すると、路上に人影が立っているような気がした。

思わず酔眼を擦ると、そこには、雨に濡れたままじっとこっちを見ている中川がいる。錯覚だが、中川は何かを必死に訴えているように、千登勢には感じられた。

同時に、蛇の目傘を貸したことを思い出した。

「……」

千登勢はまるで詫びるように項垂れながら、障子窓をゆっくりと閉じていった。

翌日――。
尾藤が自ら『千鳥』を訪れ、二階座敷に上がるや不機嫌な面構えで座った。下座

の嘉兵衛が見守る前で、千登勢は仕事と割り切ったような媚態で、尾藤に擦り寄り、

「昨日は申し訳ありませんでした。体が優れなかったもので……」

と言った。が、尾藤は「そうか」とだけ素っ気ない返事をし、目の前の豪華な食膳にも箸を伸ばさなかった。

「入れ札の日が、明後日に決まった。急に決まったのは、談合をさせないためだ」

不機嫌な面構えで尾藤が言うと、嘉兵衛は驚いたものの、

「しかし、尾藤様……お約束どおりに入れ札の額は私めの……いつぞやのお話のとおりでようございますね」

「嘉兵衛……入れ札に参るのは、おまえではなく、主人の銀右衛門だ。しかと申しつけておけ。だが、嘉兵衛……昨夜の不手際には少々、腹が立っておる」

「ですから、それは……」

何か言い訳をしようとした嘉兵衛を制して、尾藤は千登勢に訊いた。

「おまえは嘉兵衛の使い古しだが、儂はそれでもよいと引き受けた。にも拘わらず、儂の命令に従えぬのなら、嘉兵衛に返す」

気持ちを確かめるかのように訊いた尾藤に、千登勢は微笑み返して、

「さいでございますか。ならば元の鞘に戻るまでです……と言いたいところですが、それよりも前に戻ります」

「なんだと？」

「その昔、大好きな人がいたんです。足繁く通ってくれた御方でした」

「まさか、おまえ……」

嘉兵衛が何か言いかけると、千登勢はキッパリと、

「中川様とは違います。私と幼馴染みの伸助《しんすけ》さんという大工で、何年かぶりに再会したんです。でも、伸助さんには女房子供がいて、私とは待合や出会茶屋だけでの仲でした。もとより、身請けできる甲斐性なんてない。それでも幸せでした。何を期待してたんだか……伸助さんは、あるときからプッツリと来なくなった」

「……」

「その代わりに現れたのが、嘉兵衛さん……あなたでした。何の因果か、あなたは伸助さんを雇っていた材木問屋の番頭さんだった」

千登勢は、嘉兵衛の顔を見つめながら、

「だから私も、伸助さんを見返してやろうと思って、あんたに身請けされた。そし

たら、少しくらい、悔しがってくれるかと思ってね」

「……」

「でも、なぜか伸助さんは、女房子供を連れて、江戸を離れていた。噂では、奥さんの田舎に行ったとのことだけれど、お店と何かで揉めて、仕事を干されたのが本当のところだったとか」

「何が言いたいんだ、千登勢。つまらない話はやめろ」

と嘉兵衛はオドオドとしながら止めようとした。

「伸助さんは、その頃から、『日向屋』の先代主人や銀右衛門のこと、そして、あんたがなんか悪さをしていることを知ってたんですね。だから、金を摑まされて追っ払われた」

「——何を今更……俺たちは一蓮托生の誓いで、今日まで来た仲じゃないか」

「ふん。一蓮托生ねえ……」

自嘲気味に千登勢は、ふたりを眺めながら、

「あなたたちのために、あんなことまでしてしまった……お忘れにならないで下さいよ」

と脅すかのように言うと、尾藤は小さく唸って、

「覚えているとも……中川文太郎の一件……あやつはたかが猿屋町会所見廻り同心のくせに、儂のことを調べ上げ、評定所に訴え出ようとした堅物……千登勢。おまえの芝居が功を奏したと、嘉兵衛からも訊いておる」

「さいですか……では、私ももう少し、ご相伴にあずからせて頂いてもよいのではありませんかねえ」

千登勢は欲深い目になって、さらに尾藤に寄り添った。

「よかろう。但し、此度の一件が上手くいったら、まこと儂の女になると約束してくれぬか。儂はおまえにゾッコンなのだ。一日会えぬと、身悶えして死にそうなのだ」

「――はい。そのためには、私の元亭主ともいえる嘉兵衛に、『日向屋』にも儲けさせていただけないと」

丸く収めるような雰囲気を作って、千登勢は意地悪そうに微笑んだ。

「分かっておる……」

尾藤は頷くと、懐から折りたたんだ紙を差し出した。嘉兵衛は仰々しく押し頂く

と、広げてニンマリと笑った。

「お礼はお約束どおり、五万両」

「もう五千両をつけろ。それでも、普請はおまえの独り占めなのだからな」

「さようですね。では、五万五千両、たしかにお約束致します」

それを見ていた千登勢の目がスッと冷めたようになったが、パンパンと手を叩いた。すると襖が開いて、綺麗どころの芸者衆が数人入ってきた。

そこには幇間《たいこもち》もひとり混じっていたが、アッと嘉兵衛が目を見ひらいた。なんと、幇間には銀右衛門こと銀次が扮していた。

「なんの真似だ、銀右衛門」

嘉兵衛が叱りつけると、銀次は幇間らしい謙った態度で、尾藤に深々と頭を下げた。

「所詮は幇間に過ぎない身と思って」

「おい。何を考えてるんだ」

声を荒らげる嘉兵衛に対して、千登勢が庇うように、

「私が呼んでおいたのです。だって、表向きの『日向屋』の主人は銀右衛門さん。

入れ札の値を知っておかないと、間違ったりしたら大変ですからね」

「余計なことを……」

苛立った声で嘉兵衛は言いかけたが、千登勢は威勢良く、

「この船宿の女将は私ですので、座敷は仕切らせて貰いますよ」

と言った。

すぐに、芸者衆たちが素早く舞台の方へ移動すると、三味線や鳴り物を鳴らす芸者と踊る芸者三人ずつに分かれた。

真ん中で力強いながらも華麗に舞う芸者の姿に、尾藤も嘉兵衛も吸い寄せられた。白地に紫の波模様の着物を裾引きにして、涼やかな表情に可憐さも加わって、尾藤の目の色が明らかに変わっていった。

その芸者はなんと――八田錦であった。

女医者のときの凜然とした色香とは違って、妖艶という言葉でも語ることができない美しさを醸し出していた。

「なんとも……千登勢、おまえよりも美しい女がいたとは、まさに天女の舞ではないか……のう、嘉兵衛」

女好きも度を超しているのか、尾藤の頰のたるんだ肉はさらに下がっていた。

――一銭あげて、ざっとおがんでお仙の茶屋へ。腰を掛けたら渋茶を出した、渋茶よこよこ横目で見たらば、米の団子か土の団子か、お団子団子この団子を、犬にやろうか猫にやろうか、とうとう、とんびにさらわれた……。

お仙は人気の茶店娘のことで、『向う横丁のお稲荷さんへ』という滑稽な座敷歌ではあるが、錦は玄人はだしの舞いで、まごうかたなき芸者であった。

「なるほど……千登勢。おまえも、なかなかもてなし上手だのう」

満悦の顔の尾藤は、ひとしきり踊り終えた錦を手招きし、酌をしろと言った。が、錦は微笑みながらも素っ気ない声で、

「お話はすべて控えの間で、聞かせて頂きました。御前様……尾藤拓之亮様は普請奉行という立派な御仁であらせられますから、この場で切腹するという選択もおありかと存じます」

と言った。

それでも、尾藤は冗談めいた表情で、錦をからかって、

「ふはは。これは頼もしい芸者だ。儂は気の強い女も大好きでのう。千登勢もなか

なか気丈だが、気に入った。千登勢は嘉兵衛に返してやる。儂はこやつが気に入った……名は何と申す」

「はい。番所医の八田錦と申します」

錦が真剣な眼差しを向けていると、尾藤は一瞬、呆気に取られた顔になったが、まじまじと見つめ返し、「ヒャッ」と素っ頓狂な声を漏らして腰を浮かせた。

「お、おまえ……まさか、あの……遠山殿の推挙で、奉行たちの〝堅固伺い〟をしているあの女医者か……嘘であろう」

「御前様のお屋敷にも一度、伺いました。至って、壮健でございました」

「……」

「その折も、冗談交じりに『儂の女にならぬか』と手を握られました。でも、あれは脈診として処しておりますので、お気になさらないで下さいませ」

淡々と答える錦に、気まずそうな表情になった尾藤は踏ん張るように立ち上がり、

「帰るッ――！」

と座敷から出ていこうとした。

その前に、錦は座ったままにじり寄った。

「千登勢さんには、まだ良心の欠片が残っておいででした」

「なにッ」

「お偉い方が自分たちの都合の良いように、裏取引するのはいつの世もあることでしょう。でも、そのために人を殺すとなれば、ただの極悪人。一片の同情の余地もありません」

「黙れ、女医者ふぜいがッ……普請奉行の職にある者は、誰でもやっていることだ。それは公儀も承知の上だ」

「だったら、評定所にてそう証言なされば宜しいでしょう。悪いのは私だけではない。賄《まいない》を受け取るのは代々の慣わしだと」

錦は毅然と尾藤を見上げて、

「遠山様のお話では、あなた様も若い頃は頑固なほど正義感の塊だったそうですね。自分の支配役に向かって、わずかの不正も許さず、問い詰めたとのことでした。なぜならば……武士という者は何も生み出さぬ代わりに、弱い者を助けるためにいるからだと」

「……」

「遠山様は今でも、あなたのその教えを胸に秘めて、お白洲に出向くそうですよ……あなたにもまだ一片の良心があるならば、自ら評定所に出向いては如何でしょうか。それが、あなたの心の〝堅固〟にも宜しいかと存じます」

説教というよりは嘆願のような声で、錦が訴えると、尾藤は余計に腹立たしげに、

「知ったふうなことを……！」

「ええ、よく知っています。私は今、元吟味方与力の辻井登志郎様のお屋敷にて診療所も開いております。辻井様のこともご存知ですよね」

「辻井……」

「はい。辻井様からも、あなた様とはよく一緒に普請絡みの事件を扱ったと聞きました。本当に融通のきかない御方とのことです。ある事件では、妻子を人質にされても、不正は許さなかったそうですね」

「……」

「でも、そのあなたの判断で、奥方とお子さんは犠牲になった……お辛い思いをされたのですね」

「そんな昔の話……辻井も余計なことを」

「いいえ。大切なことです。悪事に加担することを、奥方やお子さんが喜ぶとは思えません」

「う……うるさい……」

尾藤は一瞬、ためらうように後ずさりしたが、錦を涙目になって睨みつけた。

「どけい！　さもなくば、斬る！」

脇差しの柄に手を掛けた尾藤の横に、嘉兵衛も匕首を手にして立ち、力任せに錦を斬ろうと身構えたが、その間に千登勢が割り込んだ。

「もうよして下さい。銀次さんに頼まれて、ここに八田先生を呼んだのも私……もうご公儀のお役人たちが、あなたたちを捕らえに来ることでしょう。でも、その前にせめて、自分たちのしたことを顧みて貰いたかった」

「……」

「ねえ、嘉兵衛さん……この銀次さんだって、あなたに救われたと感謝してた。だから、言いなりになって、主人のふりをしてた。でも、私と同じで、知らない間に人殺しの手伝いをさせられて苦しんでた……その思いを、八田先生に伝えたかったんです」

千登勢は懸命に訴えようとするが、嘉兵衛は感情のままに持っていた匕首で突きかかろうとした。だが、その腕を摑んで止めたのは、尾藤の方だった。

「――もうよい嘉兵衛。折角の綺麗な座敷を汚したくない……儂も少々、疲れた」

「今更、何を言い出すんですか！」

「この女先生の言うとおりだ……女房子供に顔向けできないことをしてしまった」

「ふざけるなッ」

「おまえに、ちょっとした不正を見つかって脅されてから道を外した……もうよい。おまえも観念しろ」

尾藤は己を嘲笑うかのように声を上げて、嘉兵衛を投げ飛ばした。すぐに錦が腕を捻って匕首を取り上げると、

「あなたも反省すれば、まだ救われる道はあるのでは？　少なくとも、日々食べるものもなく、生きる望みもなかった銀次さんを、自分の悪行のためとはいえ、地獄から救って生かしていたのですからね」

「うるせえ……」

「人とは不思議なものですね。ちょっとした恩をいつまでも覚えている人もいれば、

長年受けた恩を忘れてしまう人も……」

「……」

「でも、残念なことに、ちょっとした恩を覚えていたがために、悲しい目に遭うことも多いのですねえ」

錦が呟いた言葉に、尾藤は思い当たる節があったのか、小さく頷くと座敷から出ていった。その歩みは絶望したものではなく、堂々とした足取りだった。

その後――。

尾藤は切腹し、嘉兵衛は死罪となった。

千登勢と銀次は、手こそ下さなかったが、事情をすべて知っていたことで、それぞれ遠島になり、『日向屋』も別の材木問屋が引き継ぐことになった。

おさよは初恋の相手とも言える銀次を憎むことはなく、流された島に恋文を送り続け、いつまでも返事を待っていた。

第三話　弥勒の罪

一

日本橋の大通り、真昼の往来で人がごった返している中で、突然、「きゃあ」「わあ」「危ねえ！」などと激しい叫び声が起こった。

バタバタと転がる人波を跨ぐように、抜刀した痩せ浪人が駆けてきた。今にも人々を斬りそうな勢いである。行商、人足や町娘らが多かったが、狙いはどうやら、その前方を走っている職人風の男のようだった。

痩せ浪人はか弱い老婆を押し倒して、勢いよく前に進もうとしたが、何かに躓《つまず》いたのか思い切り転んだ。

「大丈夫ですか。怪我はありませんか」

女の声があって、倒れた老婆の方を助け起こしたのは、八田錦であった。いつもの白衣に薬箱を手にしており、優しい眼差しで老婆の傷を見ていた。

老婆が「大したことはありません」と答えている隙に、痩せ浪人は立ち上がって先へ進もうとしたが、また前のめりに倒れた。今度は明らかに、錦が足払いをしたのが分かった。その弾みで地面にしたたか腕を打ち、刀を手放してしまった。

「おまえか。さっきも俺に足を掛けたのは」

思わず痩せ浪人が怒鳴った。

「危ないではありませんか。こんな人通りの多いところで刀を振り廻すとは、武士の風上にも置けない人ですねえ」

錦は立ち上がろうとする痩せ浪人の肩を押さえながら、腕を捻り上げた。

「うわ、いてて……！」

情けない声を漏らす痩せ浪人の顔を、さらに地面に叩きつけ、

「容赦できませんね。怪我人が出たら、お侍でも只では済みませんよ」

「は、放せッ。あいつは仇《かたき》なのだ……ここで会ったが百年目……ようやく見つけたのだ。仇討ちの邪魔をするな、いてて！」

痩せ浪人は悲痛に叫びながらも、這ってでも前に進もうとしていた。そこへ、近

くの自身番から串団子を食べながら出てきた佐々木康之助が近づいて、

「さすが、〝はちきん先生〟……毎度のことながら、鮮やかな仕打ちだな」

と声をかけると、後ろからついてきた岡っ引きの嵐山が引き継ぐように、錦の代わりに浪人を押さえ込んだ。

「やめろ。仮にも武士だ。町方ふぜいが、なんの真似だ」

怒鳴る痩せ浪人を、佐々木は見下ろしながら、

「北町奉行所・定町廻りだ。見たところ浪人だな。浪人は町奉行所扱いゆえ、番所まで来て貰おう。大勢の人に向けて刀を振り廻すとは尋常ではないからな」

「ち、違う……俺は仇討ちのため……」

「仇討ちならば、奉行所から仇討ち許可状を貰っているはずだが」

「そんなものは……だが、奴はもう五年も探し求めていた仇なのだ。女房を殺した憎き奴なのだ。大目に見てくれッ。このままでは、また逃げられてしまう。後生だ！」

必死に訴える痩せ浪人に、錦が冷静に言った。

「逃げた職人風の男なら、私も顔を覚えていますし、ぶつかりそうになったとき、

紅を着物の袖に擦り付けておきました」

「えっ……」

「後で、嵐山親分が探してきてくれますよ」

あまりの手際のよさに、佐々木も感心して聞いていたが、

「先生。通りがかりとはいえ、あまり目立ったことはしない方がいいと思うぜ」

「とっさのことですから」

「だが、何処で誰が見ているか分からないからな……こんなお転婆じゃ、嫁の貰い手もなくなるかもしれないぞ」

「大きなお世話です。では、これで……」

錦は袖の土埃を払うと、何事もなかったかのように、呉服橋御門内にある北町奉行所の方へ足早に向かうのであった。

そんな様子を――少し離れた雑踏の中から、錦にも負けないほどの美貌の女がじっと見ていた。三十路前であろうか、年増の艶やかな色香がある。その傍らには、大店の主人風の中年男が立っており、

「大した腕前だ……あれが噂の八田錦という女医者か」

「そのようだねえ。私には関わりもないし、どうでもいい女だけれど」

歯牙にもかけない感じだが、なぜか目を背けるように立ち去る女を、大店の主人風が後を追いながら、

「北町奉行の遠山様の〝囲い女〟だという噂もある。近頃は色々と事件にも関わっているようだから、情婦というのはただの噂で、もしかしたら密偵かもしれんな」

と曰くありげに言った。

「だから、なんなのさ……とにかく、勘吉《かんきち》には逃げて貰わなきゃ、一番困るのはおまえさんだろう。ふん、脇が甘いんだよ」

「これは手厳しいな、お紺《こん》……」

鼻の下を伸ばした大店の主人風は、お紺と呼ばれた女のしなやかに動く尻を眺めながら、後を歩いていくのだった。

このふたりが大通りを歩いて帰ってきたのは、京橋の一角にある『加賀屋《かがや》』という漆物問屋であった。漆物はもとより、諸国から集められた骨董や陶器の名品などを沢山、扱っているようだった。

「お帰りなさいまし」「お疲れ様でした」「今日もまた暑かったですね」

などと手代や小僧ら十人ばかりの奉公人が声をかけた。

帳場からは、小太りの番頭が立ち上がって、

「旦那衆が集まってますので、奥に上がって貰っております。お待ちかねです」

と頭を下げた。主人は「そうか」とだけ言って履き物を脱ぎ捨てて上がった。お紺に対しては、

「おかみさんは如何なさいますか」

番頭が尋ねると、

「邪魔になってはいけないから、私はこのまま湯屋で汗を流してこようかねえ」

と、お紺はそのまま厨房の方へ向かった。

奥座敷には、数人の商家の旦那衆が集まっていた。年齢は三十代から還暦までバラバラだが、いずれも商売熱心で、遣り手らしい顔つきだった。

「これは、ご一統さん。忙しい中、ご足労願いまして、申し訳ありません」

主人が挨拶をすると、年配である小間物問屋『恵比寿屋《えびすや》』の主人・倫右衛門《りんえもん》が丁寧な口調で、

「忙しいのはお互い様。清左衛門《せいざえもん》さんこそ、我々のために色々とご尽力下さり、あ

りがたく思っております」

と下にも置かぬ気遣いをしたが、

「――お内儀はいらっしゃらないのですか。会うのを楽しみにしていたのですが」

「はは。私よりも女房が気になりますか」

「そりゃ、あれだけ美しい御方ですので、みんなお顔を見られると喜んでおりました」

「では後ほどということで、早速ですが……」

清左衛門と呼ばれた『加賀屋』の主人は、少し日焼けをした意志の強そうな顔を、一同に向けると、明瞭な声で話し始めた。

「皆様と一緒に、新しい商売を立ち上げるために、我々だけの〝会所〟を設けることとは、これまでも話し合ってきたところですが、如何でございましょうか。これまでの商いの仕方では、もはや大きな利益が上がりません。みんなで一丸となって、十年後二十年後を見据えた活気ある商いをしたいと存じます」

「それには大いに賛成で、資金を集めることには〝やぶさか〟ではありませぬが、何をどうするかという策がまだ明瞭ではありません。清左衛門さんは、何を為したいのですかな」

と『恵比寿屋』が尋ねると、他の面々も同様に問いかけた。

集まっているのは、材木問屋や呉服問屋という公儀や大名の御用達になるような大店ではなく、『加賀屋』がそうであるように、諸国の逸品や骨董の類いから、扇や扇子、小間物から絵画、端布《はぎれ》や薬種、茶葉など庶民的な商いをする問屋ばかりであった。公儀普請のような大がかりな商いとは無縁で、薄利多売がもっぱらの商人ばかりであった。

とはいえ、いずれもそれなりの老舗や名のある看板ばかりで、京橋での商いを盛り上げようという江戸っ子の意気を感じる人たちばかりであった。

「京橋が、日本橋と比べて少々、地味と言われていますのは、御城に近いために、派手な催しを避けているからでございます。名物の〝日本橋〟からの眺めもありませんし、商いも日頃の暮らしに関わるものが多いです」

「でございますな。うちのような商いは、まさにその通りで、取り立てて何か大きなことをしようとも考えておりません」

と『遠州屋《えんしゅうや》』という茶問屋の主人が言うと、すぐに清左衛門が答えた。

「ええ、そうです。身の丈に合わない、大きな商いをしようというのではありません。いわば、京橋自体を店にして、大勢の人々を集め、私たちの店が売り場という感じにするのです」

「つまり、ひとつの店……とな」

「はい。そのためには、人々が集まる中心となる場を作らねばなりません。そして、そこでは毎日、お祭りのような賑わいにする」

「お祭り、か」

「ええ、しかも年に一度の祭りではなく、浅草や上野三橋《みはし》、両国橋西詰のような繁華な街にしたいのです。近くには築地本願寺がありますが、周辺は大身の武家屋敷ばかりですから、浅草寺のようには参りません。木挽町にあった芝居小屋も御改革で浅草に移されました。それに代わる場所として、観世太夫《かんぜだゆう》のお屋敷が借りられます」

「本当ですか。それは凄いことですな」

　観世屋敷とは、観阿弥世阿弥を祖とする観世宗家が拝領した屋敷で、家元である太夫が住んでいた。勧進能は代々の家元が生涯に一度だけ行うのがしきたりで、庶民とは縁がない芸能であったが、京橋のために一肌脱いでくれるというのだ。

「将軍家で正月などに能を披露する御家柄ですので、やはりそれなりのお礼が必要で、私たちが会所を開いて、〝講《こう》〟のように積み立てては如何でしょうか」

清左衛門は一同を今一度、見廻しながら述べて、

「実はそのために、御公儀のお偉方にも、お頼みしておいたのです」

「そんなことを、清左衛門さんが……」

驚きの目で見る『恵比寿屋』や『遠州屋』らに、清左衛門は大きく頷いて、

「はい。隠していたわけではありませんが、実は……女房のお紺は、一橋家の縁者なのです。先代当主の妹様が嫁いだ先の庶子に過ぎないのですが、幼い頃から可愛がられておりまして……出入りの業者の私と縁があって、夫婦になった次第です」

「そうでしたか。いやいや、実にお美しい御方だし、そう言われれば、立ち居振る舞いにも育ちの良さが表れておいでですなあ」

みんなが持ち上げる様子を眺めながら、清左衛門は満足そうに頷き、京橋を盛り上げるための会所の話をさらに詳細に詰めていくのであった。この日は夜遅くまで、一同の思いや計画を語り合った。

二

朝靄《あさもや》が広がる中、築地本願寺裏にある墓地に、閼伽桶《あかおけ》を提げた錦がやってきた。

その一角の小さな墓の前に立つと、そこには白い花が添えてあった。

「誰かが来てくれたのかしら……」

しかも、掃き清められて綺麗になっている。錦は水をかけてから線香を焚き、しゃがんで瞑目した。すると、少し離れた背後に人影が立った。振り返ると、武家笠を被った着流しの侍だった。錦にはすぐに、

──北町奉行の遠山左衛門尉様だ、と分かった。

微行姿なのは、立場上、顔を見せたくないからであろう。錦はすぐに頭を下げ、

「もしかして、この花は遠山様が……」

「父上の命日だからな」

「わざわざ申し訳ありません」

「八田徳之助には色々と助けられたからな。もう少し長生きしておれば、おまえの

立派な姿も見ることができたろうに」

「立派ではありません。毎日、失敗の連続です」

「ふむ。冷ややかな女医者との評判だが、本当は謙虚なのだな」

「意地悪な言い方ですね」

錦はわずかに微笑んだが、遠山の表情はハッキリと見えなかった。

「己の目と耳を信じて、心は素直でいろと、八田はよく言っていたそうだ。与力らしい言葉だが、目と耳に入ってくるものは意外と嘘が多い。だから、常に疑ってみろ、ともな」

「遠山様に向かって、父がそんな偉そうなことを」

「うむ。疑う気持ちがなければ、医者としても与力としても、正しい立ち居振る舞いはできなかったであろうな」

遠山は墓前で手を合わせて、しばらく対話でもするかのように黙然と立っていた。

「――葛《かずら》の文蔵《ぶんぞう》という男のことを聞いたことがあるか」

「え……？」

唐突な問いかけに、錦は戸惑いの目で遠山の横顔を見た。

「いいえ。誰ですか、それは……」

「その昔、八田が小石川養生所見廻りをする前、当番方与力をしていた頃に、捕物出役で追い詰めた盗賊だが、まんまと逃げられた」

「盗賊……」

「というより、騙《かた》りという方が正しいかもしれぬな。当時、若手だった佐々木も探索に加わっていたはずだ」

「――どうして、そんな話を私に……」

錦は自分は番所医であって、探索の真似事や手伝いは懲り懲りだと伝えていた。成り行きで事件に関わることも多い立場だが、遠山に密偵扱いされるのは御免だった。錦の耳にも、遠山の手下ではないかという噂をされていることが入ってきていたからだ。

「なに、知らなければよい……探索には慎重で、自分の目や耳を疑えと言っていた八田が、まんまと騙されたのだからな」

「……」

「葛の文蔵が、その後も何度か江戸を喰い荒らし、またぞろ何かを企んでいるとの報もある……ま、これも噂だが……苦しいときの神頼みならぬ、仏頼みだ。もし、そいつが江戸に舞い戻っているなら、今度は俺が捕らえると誓いに来たのだ」

「そうでしたか……」

錦は曖昧に返事をしたが、遠山は顔を見せぬまま、踵を返した。

その帰り道──京橋の自身番の前を通りかかった錦に、「先生」と声がかかった。自身番から顔を出したのは、嵐山だった。

「分かりやしたよ、この前の男……」

「え……？」

「錦先生が取り押さえた浪人者が、仇討ちだと追いかけてた……」

「ああ……そうなの」

さほど関心がなさそうなので、嵐山の方が肩透かしを食ったが、自身番に立ち寄らないかと誘った。今し方、遠山と会ったばかりだが、錦は〝堅固伺い〟のために北町奉行所に向かう途中なのだ。

「だったら、俺も一緒に。佐々木の旦那にも話があるので、道々……」

嵐山は錦と並んで歩きながら、先日の一件の続きを話した。

「あの浪人者は、元は武蔵岩槻《いわつき》藩の下級藩士だったようでやす。名は三島賢之介《みしまけんのすけ》らしい。まあ、それが本当かどうかも、今、佐々木様が調べてくれてやす。どうやら五年くれえ前に、女房の久美《くみ》が殺されたそうなんで」

「逃げていた職人風に？」

「先生の覚えてた人相と紅のお陰で、意外とすぐに見つけたんでやすが、勘吉って奴で、三島の中間をしていたんです。そいつの話では事情がまったく違ってやして……」

「どう違うのです」

「三島の言い分では、勘吉が事もあろうに主《あるじ》の女房と不義密通をしてたとのことですが、勘吉は誤解だと話してやす」

錦はさほど興味深げでなかったが、嵐山は講談師のように続けた。

「聞いて驚くなかれ、〝はちきん先生〟……勘吉は三島に中間として潜り込んだだけで、女房の久美とはそういう仲ではありません。探りを入れるために近づいたそうなんです」

「探りに……何を」

「三島が浪人になる前ですが、久美の実家は絹を扱う商売をしていたらしく、宿場町ではちょっとした大店だったそうなんで……その店を乗っ取るために、裏で勘吉の糸を引いている奴がいたようなんです」

「勘吉がそう白状したのですか。誰なんです、それは」

「葛の文蔵ってやろうで、あっしもその悪名くらいは聞いたことがあるんですがね」

「えっ。葛の文蔵……？」

吃驚する錦に、嵐山も意外な目になって、

「知ってるんですか、さすが先生。そいつは、本当は〝貧乏葛の文蔵〟ってんですが、略して葛の文蔵……貧乏葛は〝やぶからし〟のことですからね。知らぬ間に大店に張り付いて、身動きできないようにして、大樹から養分を奪うように、金を吸い上げるんでさ」

「……」

「日を当たらなくして、まさしく藪でも枯らしてしまうように、獲物に絡みつくから、やられた方も気がついたときには、なにもかもがオジャンになってる」

「——そいつがまた江戸に舞い戻ってきているとか」

「えっ、そうなんで？」

「だから、遠山様もあんなふうに……」

「遠山様がなんです」

「いえ、それはこっちの話」

錦は誤魔化して立ち止まると、嵐山に向き直って、

「親分。では、三島って浪人は仇討ちを諦めたのですか」

「まだ南茅場町大番屋の牢に留めておりやすが、何かしでかしたわけではなく、解き放ちになるでしょうな。それに、勘吉の方も縛られるようなことはしてねえし……」

「でも、気になるわねえ……この江戸で何が起こっているのか……」

不安の色が広がる錦の横顔を見て、それでも美しいなあと溜息をつく嵐山だった。

三

京橋の通りに面した、一際間口の広い大店があった。呉服問屋『井桁屋《いげたや》』と軒看板が掲げられている。

店の前に駕籠が到着すると、貫禄のある商人が降り立った。反物を担いだ手代を従えて、「ごめんなさいよ」と入ると、店の一角には端布売り場になっており、女の客が群がっているのが見えた。

「これは、よくぞ、おいで下さいました」

帳場から『井桁屋』の番頭・弥之助《やのすけ》が出迎えて、

「お久しゅうございます。『八島屋《やしまや》』さん。手代頭の萬七《まんしち》さんもご一緒で……主人も待ちかねております。さあ、どうぞ、奥へ」

と笑顔で声をかけた。

店の奥には反物を広げられる広い畳部屋があり、すでに主人の市右衛門《いちえもん》が待っていた。歌舞伎役者のような色男風である。

「相変わらず血色がようございますな」

『八島屋』の主人・金兵衛《きんべえ》が挨拶代わりに声をかけると、市右衛門の方も愛想笑いをしながら、早速見せてくれとばかりに手招きをした。すぐに、萬七が反物を次々と広げていると、

「いやあ、これは凄い。友禅でございますなあ」

「さようでございます。大きな声では言えませんが、京のお公家さんから、お下がりを頂きました」

金兵衛がほくそ笑むと、市右衛門も意味深長な面差しになって、

「お下がりを……ねえ」

と返した。お互い目と目で確認し合うように頷いてから、金兵衛が言った。

「まあ、お公家さん言うても、多くはお高くとまっているだけで貧しいですから、叩けば叩くほど安う仕入れられます」

「安くですと？　只でっしゃろ」

市右衛門がわざと上方訛りで言い返すと、金兵衛も「それは言いっこなしでっせ」とばかりに人差し指を立てた。市右衛門も「冗談でんがな」と目顔で返して、

お互い微笑を交わしながら、別室に移った。

そこには――。

羽織姿の『加賀屋』清左衛門が、お紺を伴って待っていた。前には高膳があり、まだ日が高いが、ちびりちびりと酒を舐めていた。

金兵衛は一瞬にして緊張の顔になり、

「こ……これは、しばらくぶりでございます……ご壮健そうでなによりです」

と膝を突いて挨拶をした。

清左衛門の方はにこやかではあるが、目はさほど笑っておらず、

「本当に無沙汰ばかりだが、おまえさんも元気そうで結構なことだ。相変わらず商売繁盛のようだな」

「は、はい……お陰様で……」

「前祝いに一杯」

と杯を清左衛門が差し出すと、金兵衛は素直に受けて返杯をした。

「おまえさんが加わってくれることで、此度も上手く事が運びそうだ。ねえ、市右衛門さん。百人の味方を得た気分だねえ」

清左衛門が水を向けると、市右衛門も微笑みながら、その通りだと頷いて、

「すでに、清左衛門さんが京橋の主だった大店の主人たちを手なずけてる。いや、言葉が悪かった。仲良くなって、事を慎重に進めているところだ」

「清左衛門さん……？」

金兵衛が首を傾げると、清左衛門が自ら言った。

「今は、『加賀屋』という漆問屋の主人に収まっている。先代はかなりのご老体で跡取りもいないから、三年程前に店と問屋札を買い取って、まっとうな商人をしておる」

「まっとうが聞いて呆れますが……」

金兵衛が微笑を浮かべて舌を出したが、すぐに引っ込め、

「申し訳ありません。葛の文蔵さんが、こうして『加賀屋』として、地均《じなら》しをしてくれていたのでございますね」

「まあ、うちで扱っているのも、この『井桁屋』同様、おまえたちから譲り受けた盗品がほとんどだからな。偉そうなことは言えぬ」

「……」

「だが、この三年の間に、色々なツテができて、なんとか様になってきた」

清左衛門の静かな物言いの中に、得体の知れぬ力強さが漲《みなぎ》っていた。金兵衛は恐縮して、今一度、頭を下げて、「できることはすべてやります」と、まるで君主に従う臣下のような態度で誓った。チラッと横にいる、お紺を見て、

「——ええと……この御方は……」

と申し訳なさげに訊くと、清左衛門は嬉しそうに笑った。

「私の女房だ。江戸に舞い戻る前に、品川宿で出会ってな。一目惚れよ。それで、無理矢理、連れてきた」

「いや……誰でも舞い上がりそうな別嬪さんでございますね」

「だろう。自慢の女房だ。他人様には、観音菩薩だとか弥勒菩薩だとか、有り難げに崇められているよ」

「でしょうな。品川宿というと、宿場女郎かなにか……」

不躾に金兵衛が言いかけたとき、清左衛門の目つきがギロリと変わった。

「おい。舐めるなよ」

「あ、いえ。そういう意味では……申し訳ございません」

「言っておくが、お紺は品川宿で指折りの旅籠の主人の女房だった。金にモノを言わせて連れてきたのだ」

「そ、それはまた剛毅な……」

「丁度、こいつも亭主に飽き飽きしていたようだったし、馬が合ったのだ」

「まさしく縁でございますね……では、その前は何を……」

金兵衛がまた余計なことを詮索しそうになったので、市右衛門の方が止めた。

「私たちだって昔のことはお互い話さないじゃないか。そんなに古傷を舐めたいなら、ずっと感傷に浸ってな。なにも一緒に仕事をしなくても、いいんだよ」

やはり静かな物言いだが、金兵衛はふたりには頭が上がらないのであろう。申し訳なさそうに頷きながらも、素知らぬ顔で酒を飲んでいるお紺を、物欲しそうな顔で見つめていた。

「おい。他人の女房を、そんな嫌らしい目つきで見るもんじゃねえぜ」

清左衛門が俄に柄の悪そうな声になると、金兵衛は首を竦めて愛想笑いをしながら、ひたすら謝った。

「そんなことより、大事な打ち合わせのために、久しぶりに三人が首を揃えたんだ。

なあ、金兵衛、おまえの悪知恵を俺たちは大いに頼りにしてるんだ。上手くいくよう頼んだぜ」

凝視する清左衛門の目つきに、金兵衛は身震いしながら頷くのだった。

日本橋外れにある小さな水茶屋の裏手に、勘吉が駆けつけてきたのは、その日の夕暮れだった。どうやら自身番からは解き放たれたようだが、また三島に狙われないかとびくついているようだった。

勝手口から、前掛けをした華奢な若い娘が出てきたとき、

「お松《まつ》……」

と勘吉が声をかけた。

吃驚したように振り返った、お松と呼ばれた若い娘は、俄に迷惑そうな顔になり、

「あんちゃん……また何かしたのかい」

「ち、違うよ」

「だって、町方の旦那が店に来たって、主人が話してたよ」

「知らねえよ。それより、金、ねえか」

「そんな……いきなり言われたって。私だってギリギリで暮らしてるんだよ。お金がないなら、まっとうに働けばいいじゃない」

「分かってるよ。必ず返すから、さあ、幾らでもいいから。やっと手がかりを掴んだんだ。今度は間違いねえ、頼む」

「手がかり……？」

「親父とおふくろを騙した奴らだよ」

「──まだ、そんなことを……」

お松は呆れ顔をしながらも、巾着を帯の間から出した。勘吉はいきなり掴み取って、中を覗き込み、

「とりあえず、これでなんとかなる。借りるぜ」

と懐に入れると、また辺りを見廻しながら、そわそわと立ち去るのだった。

盛り場から離れた場末の路地に、迷い込むように勘吉は入っていった。辺りには飲み屋や蕎麦屋が並んでおり、酔客や引っ張り女などが蠢《うごめ》いている。誰かに尾けられていないか、しきりに振り返っている。

その勘吉の肩がポンと叩かれた。

「何を気にしてやがる」

ドキッと見ると、地廻り風の男がふたり立っている。

「約束のものは持ってきたか」

体の大きな方が、いかつい顔を突きつけてきた。勘吉は首を竦めながらも、

「も、もちろんだ」

「だったら勿体つけずに、さっさと寄越しな」

「頼んだ奴の居所は分かったんだろうな」

「いいから出すモノを出せ。そしたら、案内してやるよ」

勘吉が巾着をそっと出すと、地廻り風の小柄な方がサッとひったくった。その中を見るなり顔がギラリと怒って、

「てめえ、舐めてるのか。ここを何処だと思ってやがんだ。花のお江戸の真ん中だぜ。これじゃ屋台酒一杯も飲めねえぜ、おい」

「だから今日のところは……でも居所がハッキリしたら、もっと出すから」

「そんなに知りたきゃ、もっと金を持ってこねえか」

軽く突き飛ばして、地廻り風は立ち去ろうとした。すると勘吉は感情を露わにし

て、小柄な方に突っかかった。

「騙したんだな、てめえ。それは大事な妹の金だ。返しやがれ！」

だが、大柄な方に首根っこを摑まれた勘吉は地面に叩きつけられ、足蹴にされた。

必死に転がって逃げようとするが、さらに蹴倒されて、顔面が真っ赤に染まった。

それでも、勘吉は転がりながら、

「くそっ。こんなところで、くたばってたまるか！　おまえらも、本当は奴の仲間だろうが。ええ⁉」

「ほざけ。死にたいのか、てめえ！」

大柄な方がさらに蹴りを入れて、匕首を抜いて馬乗りになったとき、飛び込んできた男に突き飛ばされた。ひっくり返った大柄な男よりも、さらに大きな嵐山が立っていた。

「留八《とめはち》に、伊之吉《いのきち》じゃねえか」

嵐山は十手を突きつけながら、ふたりに歩み寄った。

「この勘吉に何を頼まれた。おう、一体、誰を探せと迫られたんだ」

「――なんでもありゃしませんよ、親分……見かけない面だし、生意気なんで、ちょいと可愛がってただけですよ」

小柄な留八の方が答えると、伊之吉もそうだと頷いた。

「匕首まで突きつけてかい」

「脅しただけですよ。本当に刺すわけがないじゃねえですか」

伊之吉が答えると、留八は手にしていた巾着を勘吉に向かって投げ捨て、

「こんな端金で、女遊びをしてえって方がどうかしてるでやしょ、親分さん。俺たちは、この辺りの店の用心棒なんで、御免なすって」

と悪びれず立ち去った。

「あいつら……！」

勘吉は腫れあがった顔で追いかけようとしたが、嵐山は抱えて止め、

「あのふたりなら、俺も少々、知ってる。おまえは、何のために近づいたんだ？」

「――親分……俺を泳がせてたんでやすね」

「まあな。三島って浪人とおまえを調べてて、尋常じゃねえと思ったんでな。悪く思うな」

嵐山が肩を叩くと、勘吉はその場にガクッと崩れ落ちた。

四

再び自身番に連れ込まれた勘吉は、駆けつけてきた錦に手当てをされながら、佐々木と嵐山から尋問されていた。

「おまえは一体、何を探ってたんだ」

勘吉の前にデンと座った嵐山を、佐々木が傍らで見守っている。

「それは……」

「おまえの妹は、お松というらしいな。日本橋近くの茶店で働いているが、二親が死んだ後、江戸に出てきたそうだな」

「……」

「出は岩槻の城下らしいが、何があったんだ」

嵐山は、お松から聞き出したことを、筵《むしろ》を広げるように話した。

勘吉とお松の実家は、岩槻で小間物問屋をしていたが、江戸から来た『但馬屋《たじまや》』と名乗る商人から、突然、店の買い取りの話が出た。二親の宇兵衛《うへえ》とお幸《こう》は、商売に窮していたから、渡りに船とばかりに相手の要望に乗った。

二親とも元々城下外れの農家の出で、町に出て一儲けしようとしたのだが、思うように事は運ばなかった。なんとか勘吉とお松を育てたものの、不景気も相まって先行きが不安だった。かといって、村に戻って野良仕事はできまいと途方に暮れていたのだ。

そこに、五十両という大金で、店を引き取ってくれるという。相場から言えば少ないが、贅沢をしなければ数年は暮らせる金だ。それを元手に、小さな飲み屋くらいは開けると宇兵衛は考え、店の鑑札《かんさつ》を書き換え、土地建物を売った。

ところが、金はまったく払われないどころか、『但馬屋』は「もう払ったではないか」と受け取り証文まで出してきた。

「そんなめちゃくちゃな話があるものか。証文は偽物だ」

と宇兵衛は、御番所に訴え出た。藩の町奉行は受け付けたものの、遅々として取り調べは進まず、うやむやのうちに店は『但馬屋』に渡り、宇兵衛とお幸は行く末に絶望して、首吊りで自害をしたのだった。

その探索をしたのが、三島賢之介だった。

妹のお松は当時、知り合いに預けられ、勘吉は三島の中間として引き抜かれた。三島が同情してのことだった。

「ところが、勘吉……おまえは恩人である三島の女房とねんごろになったんだな」

佐々木が横から口を挟むと、

「だから、ち、違うって。まったくの誤解ですよ……俺から見たら、かなりの年増だし、まったく好みでもねえ……」

「さあな。一度くらいの不義密通なら、弾《しんぞ》みってこともあるだろう」

「そんなことしてねえ。三島さんのご新造、久美さんは親父の店の客で、二親が心中したことに同情してくれてた……それで三島さんも妙なことがあるって、探索してくれてたんだ」

「三島はそんな話を一言もしてなかったが……？」

「本当だ。改めて訊いてみてくれ」

勘吉はすべて正直に話していると、必死に訴えかけた。

「俺の親父とおふくろは、心中ではなくて、誰かに殺されたんじゃねえか……三島さんはそこまで考えていたらしい。後で亡骸を検めることはできなかったけど、死体を検分した町医者の話だと、首を絞められた後に吊るされたのではないか……って」

「なんだと」

「でも、他のお役人にはありえないと一蹴されたとか」

泣き出しそうな勘吉の肩を、嵐山は軽く叩きながら問いかけた。

「じゃ、なにか。おまえは三島の見立てどおり、二親を殺した相手を探すために、あの地廻りに近づいていたってわけか」

「へえ、そうです」

「どうして、あのふたりなのだ。留八と伊之吉が殺《や》ったとでも言うのか」

「そうじゃねえが、あいつらの顔は覚えていたんだ。『但馬屋』の手代のふりをして、一緒にいたのを」

縋るような目になる勘吉に、佐々木はゆっくり近づいて、

「つまり……おまえは『但馬屋』ってのが、二親を殺した、あるいは死に追いやったと思って、探しているってことだな」

「ああ、そのとおりでさあ。でも、そいつを見つけたところで、なにひとつ証拠が

あるわけじゃねえ。だから俺は……俺は……」

そこから先は口をつぐんだ。

「ということは、三島は的外れの仇討ちをしようとしていたわけか……馬鹿だな」

佐々木が鼻で笑うと、勘吉は首を横に振って、

「そうじゃねえよ……」

「なんだ」

「三島の旦那と俺は……一緒に仇を探してたんだ。奥方を殺した相手と俺の二親を殺した奴と同じ奴に違いねえから」

「なんだと⁉　だったら、どうして、仇討ちだと叫んで追いかけてたんだ」

「あの人混みの中に、獲物がいるはずだったからだよ」

「なに……？」

「俺たちの動きは〝敵〟に勘づかれていた節がある。だから敵対しているふりをして、炙り出したかったんだよ。そんな中で、あの地廻りふたりも見つけた。けれど、『但馬屋』が何処の誰だか、分からないんだよ」

「なぜ三島の女房が、そいつに殺されなきゃならなかったんだ」

「――正体を知ったからだよ……」

勘吉が辛そうに言った。そのとき、カタンと物音がした。

錦が障子窓を開けて外を見ると、路地の奥に向かって、三島が急ぎ足で立ち去るのが見えた。盗み聞きをしていたのか、それとも勘吉を見張っていたのか。

「佐々木さん……やはりお奉行が懸念しているとおり、大きな樹に巻きついては、養分を吸い取って枯らしてしまう、貧乏葛って蔦が、そこかしこに広がっているようですねえ」

と錦が吐息混じりに囁くと、勘吉の目もギラついた。嵐山も事の重大さを感じていると、佐々木が唸るように言った。

「また奴らは、江戸に舞い戻ってきたってわけか」

佐々木は腰掛けに座り直すと、

「古い話だが、江戸で評判の何代も続いているような老舗が、何軒も立て続けに店仕舞いをしたことがある。ある大店は借金が返せず、ある大店は売掛金が入らず、別の店は鑑札を取り上げられ、中には押し込みに入られて蔵が空っぽになった店もな……」

それは神田界隈だったが、通りに面したほとんどの大店の表戸が、闕所《けっしょ》にでもされたかのように閉まってしまった。軒看板も下ろされ、裏庭の蔵で自殺した主人などが何人もいたという。

「――どの大店も、得体の知れない奴に身代を乗っ取られ、いや吸い尽くされ、残ったのは蔦のように絡みついた貧乏葛だった……だから、その悪党のことを〝葛の文蔵〟と誰ともなく呼んでいたんだ。……結局、何処の誰兵衛かも分からず、消えてしまったがな」

　錦の父親も事件を探索していたが、まったく手がかりを得ることができなかった。いや、なんとなく手がかりは残っているが、決定的な証拠がないため埒《らち》があかず、佐々木には影を踏んでいるだけのように思われた。

　錦は父親が探索に関わっていたことには触れず、

「でも、大店が何軒も潰れることになるなんて、ちょっと考えられない」

「ああ。尋常じゃなかった」

「どうやって、そんなことができるのです。どんな手口でやったのです」

「それが分かれば苦労はない。お奉行ですら、手の出しようがない……なぜなら、店仕舞いに追いやられた大店の主人らは、何らかの被害を受けながらも、誰ひとりとして奉行所に訴え出ることがなかったからだ」

「えっ……どういうことです」

「さあな。訴えられぬ事情が生じていたのか……それとも、老舗が多かったから、騙りに遭ったという店の恥を世間に晒したくなかったか……あるいは、自分たちも何か悪事に荷担して、責めを負わされるのを恐れたか……だな」

「悪事……責めを負わされる……」

錦が首を傾げると、佐々木は当然のように頷きながら、

「騙りってのは、相手の欲や弱みに付け込む。騙される方にも負い目がある。そのようなことが、大店の側にもあったのだろうよ」

「負い目……」

「なあ、〝はちきん先生〟……もし、葛の文蔵が江戸に来ているとなれば、先生にとってもお父上の雪辱を果たす機会になるんじゃないかい。大事な大事な、お父上のよ」

「いいえ。父上は元々、事件探索には向いてなかった人らしいですから。辻井のお

じ様のお話ですとね」

「そうかい……だが、二度とこいつに江戸を荒らされたくない。俺も若気の至りで、躍起になってたが、今度は意趣返しをしてやらあ。何倍にもしてなッ」

佐々木が熱気を帯びてくるのを、錦は冷静に見ていた。

五

漆物問屋『加賀屋』の表に、三島が立ったのは、同じ日の夕暮れ時であった。逢《おう》魔《ま》が時という頃合いで、擦れ違う人の顔がよく分からぬ薄暗さが不気味だった。

出先から帰ってきたのであろうか、清左衛門とお紺が連れ立って暖簾を潜《くぐ》ろうとしたとき、三島が近づいてきて、

「おい、文蔵。久しぶりだな」

と声をかけた。

清左衛門はほんの一瞬、三島を振り向いたが、「誰だ？」という顔で店の中に入った。お紺も不思議そうに見やったが、出迎えた手代らと雑談を交わしながら、奥

へ向かおうとした。

三島も店の中に踏み込むと乱暴な声で、他に客がいるにも拘わらず、

「惚けても無駄だ、文蔵。俺だよ。岩槻藩町奉行所・市中見廻り役だった三島賢之介だ。おまえに女房を殺された、とろくさい侍だよ」

「——なんでございましょうか」

「ようやく見つけたぞ、文蔵……うちにいた中間の勘吉のことも覚えているだろう。おまえが潰して心中に見せかけて殺した小間物問屋の倅だ……忘れたとは言わせないぞ」

本気なのか、鎌を掛けているだけなのか分からないが、三島は今にも突っかかりそうな勢いで清左衛門に近づいた。

「どうして、おまえが葛の文蔵だと分かったか知りたいか」

「……」

「教えてやろう。万全を尽くしているはずのおまえでも、見落としていることがあるってことだ」

「なんですかな、いきなり……江戸には頭のおかしいのがたまにいるが、ご浪人様

もその類いですかな。お役人を呼びますよ」

「呼べよ。そしたら、おまえの素性もみんなにバラしてやるから」

三島は前のめりになって、清左衛門の胸ぐらを摑んだ。

「大昔、江戸で大店を悉《ことごと》く潰した後、おまえは諸国の色々な所で同じようなことを繰り返していたのだろう。たまさかなのか、狙いがあってのことかは知らぬが、岩槻城下に来たときは、手下はわずかな人数だった」

「……」

「せいぜいが勘吉の実家のような店だけを狙って、小銭を稼いでいたんだろう。ええ？」

壁に押しやられた清左衛門は困り果てた声で、

「おやめ下さい……おい芳之助《よしのすけ》や」

と番頭に目配せをした。

番頭は小太りの体ながら、素早い動きで店から飛び出していこうとしたが、「おやめ」と声をかけて止めたのは、お紺だった。そして、清左衛門との間に割り込むようにして、三島の腕を離させると、

「ご浪人さん。まったくの人違いじゃありませんか」

「なんだと……」

「この人は清左衛門という、れっきとした商人です。この『加賀屋』の主人になったのは、まだ三年前ですが、その前は私の実家の店で番頭をしていた者です。今は京橋を盛り上げようと頑張っているだけです」

「──綺麗な顔をしていても、腹黒いことはなんとなく分かる。俺も伊達に役人を……」

「あなたのことなど、どうでもいいです。うちの人を咎人扱いするのでしたら、私も黙ってはおきません」

「……」

「それとも、金でもせびるのが、ご浪人さんの狙いですか」

まるで啖呵を切るような態度に、三島は気後れしてしまった。だが、このまま引き下がることはできない。目の前に、女房を殺した元締めがいるのだと、三島は確信していた。文蔵と声をかけたときの反応で、間違いないと思っていた。

「どうでも収まりがつかないのなら……私が相手になります」

お紺が相手を睨み上げると、清左衛門の方が弱腰になって、

「何を言い出すのだ、お紺。こんな奴は捨て置いたらいい。相手にするな」

「さあ、ご浪人さん。ここは店ですから、お客様に迷惑がかかります。そこの茶店ででも、じっくり話を伺いましょうか」

「よせ、お紺……」

止めようとする清左衛門に、大丈夫だと笑顔を見せると、店から引き離すようにして、通りの対面にある茶店に向かった。三島は唖然と見やっていたが、お紺の美貌に吸い寄せられるように、思わずついていった。

「馬鹿たれが……」

清左衛門は番頭に目配せをして、ふたりを見張るように言った。頭を下げて、番頭もこっそりと茶店に行くのだった。

二階の座敷の片隅に陣取ったお紺は、しなやかな色っぽい動きで、三島の前に座った。艶やかな流し目を投げかけながら、持っていた煙管に自分で火を付けた。

「女房の仇討ちだって……？」

「ああ……」

「だったら、私が叶えてあげようか」

「えっ。なんと言った……」

驚く三島に煙を吹きかけてから、窓の外を見やった。通りの向こうには『加賀屋』があって、当たり前のように客が出入りしている。手代が数人いて、清左衛門が指示や対応をしている姿も見える。

「三島さんと言いましたっけ……旦那が言うとおり、あいつは〝貧乏葛の文蔵〟さね。まさしく、この京橋の主立った店を枯らしてしまおうと『加賀屋』を乗っ取ったのさ」

「なんだと……！」

「ねえ、そうだよねえ。番頭さんや」

お紺が声をかけた。いつの間に来ていたのか、仕切りの衝立の向こうに、番頭が座っていた。が、当然のように、お紺の横に来ると、三島に軽く頭を下げた。

「番頭の芳之助さんだよ。『加賀屋』の先代から仕えてて、番頭として引き継いだんだ」

「――曰くありげだな……」

「私は、旦那のことは知らないけどさ、女房を殺されたと聞いてピンときたんだ」

「何をだ」

「実は、私の父親《てておや》も死に追いやられたんだ。上方でのことだけどね……紙問屋をしてたんだけれど、上手い話に騙された挙げ句、店も金も奪われて……大酒を飲んで川に入って溺れて死んだ」

「……」

「お父っつぁんは酒は飲めないのにさ……私はあいつが死に追いやったと勘づいてた。だから、ずっと目をつけてて近づいたのさ」

淡々と話しているが、この女も得体が知れぬと、三島は気を緩めなかった。

「案の定、私の色香にイチコロさね。この芳之助さんは、清左衛門……いや文蔵が『加賀屋』を乗っ取ったときから、言いなりになるふりをして様子を窺ってたんだ。清左衛門には何かあると睨んでね。だからこそ、清左衛門の信頼を得るために、何でも言うことを聞いてきた」

「さいです……」

芳之助も真顔で頷いたが、三島はまだ信じてはいなかった。騙り一味はまさに相手を知らぬうちに籠絡し、藪枯らしのように絡みついてくるからである。

「――信じてない顔だねえ……」

お紺は苦笑を浮かべて、

「でも、あんたは本当に奥方の仇討ちをしたい、それほど惚れていたんだってことが分かるよ。私を見ても靡かないんだから」

「相当な自信だな」

「ええ。男を騙すしか、生きる術がなかったからね、あれ以来……」

「あれ以来……？」

三島が訊き返しても、お紺は苦笑いをするだけで、

「あんたには関わりのないことさ。とにかく、ここは私と手を組むのが一番だと思うけどね。文蔵の悪事を白日の下に晒すことが、仇討ちになるし、二度と被害者を生まないことになると思う」

「――分からない女だな」

「よく、そう言われるわ。でも、文蔵を追い詰めるのは後少しなんだよ。ここで横槍を入れて欲しくないんだ」

真剣な眼差しで見つめるお紺の異様なまでの力強さと、芳之助の誠実そうな態度に、三島の乱れていた心が不思議と落ち着いていった。

その夜――観世屋敷の離れの一室に、清左衛門と『恵比寿屋』、『遠州屋』ら主立った商人が集まっていた。

庭には能舞台があり、薪能が執り行われていた。特別に当代が若手を率いて、『春日竜神《かすがりゅうじん》』という明恵上人《みょうえしょうにん》を題材にした仏教にまつわる演目を披露したが、商人たちには分かりにくいものだった。

ただ、別室には、小さな弥勒菩薩座像が置かれており、雰囲気造りには適っていた。誰もがあくびを噛み殺しながら観ていたが、演目が終わったときには不思議と、心が洗われた気分になっていた。

お釈迦様の一代記を見せられて、まさに幽玄に相応しいひとときであった。

「如何でございましたかな」

清左衛門が一同に語りかけると、誰もが我に返ったように、

「お釈迦様は遠くにおられるようだが、わざわざ生誕地や修行した聖地に出向かな

くても、意外と身近な所にいるということが、よく分かりましたな。ははは」

などと相づちを打った。

もっとも、この場に居合わせる者たちは、信心や悟りとは無縁で、金儲けのことばかりを考えている。そのことをみんな分かっているから、自嘲気味な笑いが起ったのであろう。

「それにしても、美しい弥勒像でございますな。まるで、お紺さんのような」

薄暗い室内で、誰かが清左衛門に向かって溜息をついた。決して世辞ではなかった。

弥勒菩薩は古来、極楽浄土に案内してくれると信じられている。ゆえに、何か悪いことが起きそうになると現れ、天災や飢饉が起これば救ってくれるという。

「京橋一帯を、この弥勒様が救って下さるのですかな」

また別の誰かが訊くと、清左衛門が答えた。

「この観世屋敷と弥勒菩薩は縁が深いとされております」

大和国生駒《いこま》の宝山寺《ほうさんじ》には、観世世阿弥の能楽伝書が残されており、弥勒菩薩像が安置されている。五十六億七千万年後に、弥勒菩薩が降りて現れる〝弥勒の世〟という極楽が待っているとされる。現世の人間には関わりのないことだが、〝弥勒の世〟では誰も働かなくても、果実が自然に落ちてくるように幸せに暮らせる。だから争い事も起きないという。

「そんな世の中を、五十六億七千万年後ではなく、現世で叶えようというのが、私たちの願いであり、やるべきことなのです。そのために商人がいるのですからね」

清左衛門は弥勒菩薩像に手を合わせながら言った。

「物を作るのではなく、右から左に移すだけで儲けていると商人は卑しまれることもあります。でも、樹から果実を落とすことこそが、私たち商人の務めです」

「なるほど……」

誰かが相づちを打った。

「そのためには、自分の店だけが儲けるという考えは捨てて、みんなが幸せになるように儲ける。江戸中がより良くなって、貧富の差がなくなるようになればいいのです。そのためには、まず私たちのいる京橋が〝弥勒の世〟にならなければなりません」

清左衛門の穏やかな言葉は、能楽の謡いよりも商人たちの胸に響いたようだった。

「それにしても驚きました……私が『加賀屋』を継いで、まだ三年ですが、皆様には本当にお力添えを頂き、会所もつつがなく船出ができました」

「いえいえ。私たちこそ、『加賀屋』さんには色々と融通して頂き、感謝しきりです」

と京橋一帯の顔でもある『恵比寿屋』も、清左衛門には一目も二目も置いている。

「今日はまたひとり、良き仲間を連れて参りました」

清左衛門が声をかけると、一同の後ろに控えていた『八島屋』金兵衛を手招きした。横には京橋では顔なじみの『井桁屋』市右衛門も座っていて、

「私からご紹介させて頂きます。この『八島屋』さんは、上方にて、手前どもと同じ呉服を扱っておりますが、元は『万屋《よろずや》』と看板を上げていたほど、お客様の要望に応じて、なんでも仕入れてくる商人です」

「ほう。それはなんとも……」

凄いと感嘆する一同を見廻しながら、市右衛門は役者のような仕草で、

「ですから、ご一統さんも何か足りないものがあれば、ご用命下さい。もちろん、只同然でお譲り致します」

「なんともまあ、只同然ですと……？」

「はい。上方には、江戸とは違う商いの仕方がありましてな。日本橋のようなお高くとまった殿様商売ではなく、薄利多売に徹しているからこそ活気があり、むしろお客様が喜んで、繰り返し利用して下さるのです」

「まさしく庶民の味方です」

と清左衛門が付け足した。金兵衛は深々と頭を下げて、

「皆様のお力添えになれることを、心から望んでおります。商人は何処にいても、お互い様ですから、以降、お見知りおきを」

そう挨拶をすると、『恵比寿屋』倫右衛門たちは本当に相身互《あいみたが》いだと、弥勒にあやかりたいと合掌して、楽しいひとときを過ごした。

清左衛門が金兵衛の側に近づいて酒を勧めると、金兵衛が、

「いや、驚きましたよ。京橋の商人たちをもうここまで手懐けていたとは……」

と囁いた。

「おい。口を慎め……もっとも私も少々、気が短くなったかな。昔なら、五、六年はかけたけれどね。おまえたちにも楽をさせたいと思ってな。むふふ」

「恐れ入谷の鬼子母神ってやってですね」

悠然と酌を受ける金兵衛に、清左衛門はほくそ笑みかけた。

六

翌日、『恵比寿屋』の前に、金兵衛が自ら大八車を曳いてやってきた。暖簾を潜って中にいた主人の倫右衛門に、

「昨日は、初対面なのに気安くお相手をして下さり、ありがとうございました」

と挨拶をした。

「これはまた突然のお越しで……言って下されば、手代を迎えに出しましたのに」

倫右衛門が遠慮がちに言うと、金兵衛はとんでもないと手を振り、

「商人かて、自分の身を動かさなくなったらしまいです。いや、貧乏性が治らないのでおます。はは……これは、ご挨拶代わりに、貰うて下さい」

と大八車の筵を剝ぎ取ると、酒徳利や茶碗の類いから、木造りの小物入れ、扇子や筆や硯などが沢山、行李《こうり》の中に並んでいた。それらは一見して、陶器にしても京

焼など上等なものだと倫右衛門には分かった。

「いや、こんな上物を頂くわけには……」

「公家の下がり物でっさかい、お気になさらず……それより、私もまだ江戸のことはよう知りませんので、色々とお世話になると思いますので、宜しゅうお頼み申します」

「こちらこそ……清左衛門さんと昵懇の御方とのことですから、なんなりと」

倫右衛門が気をよくして、運び込まれた小間物を眺めていると、

「ええ。江戸は火事が多いので、やはり蔵にはかなり気を配っているのでしょうね」

「それはもう……うちのような小間物問屋でも結構、手を入れて、ちょっとやそっとの火事では燃えないよう工夫を凝らしています……参考までにお見せしましょうか」

「願ったり叶ったりです。私もいずれ、京橋に江戸店を出すつもりでっさかい」

金兵衛が喜ぶと、自ら裏手の蔵に案内した。火事に強い土蔵造りで、下の方は城の石垣のように固めている。

「こんなに堅牢に……売り物だけではなく、かなりのお宝も置いてあるのでしょう

な」

　金兵衛が煽るように言うと、倫右衛門もまんざらでもない顔になって、

「小間物には意外な掘り出し物もありますからな。先祖代々のものも。もっとも金は、見てのとおり、小さな商いですから、大してありません」

「ご謙遜を……清左衛門さんの話では、かなり蓄えておられるとのことですよ」

「あり得ません、はは……」

「ですが、清左衛門さんが新たに作った会所には、かなりの寄付をされたとか」

「それは、まさしく清左衛門さんの京橋を盛り上げるという志に共鳴したからです。『加賀屋』の先代とうちは母方同士の親戚にもなります。なので、余計に親近感が湧くのです、はい」

　清左衛門は、鍵を開けて蔵の中まで見せた。地震に強そうな太い柱と梁が独特の組み方で用いられている。明かり窓の外には〝忍び返し〟のような仕掛けもあると知って、金兵衛はますます感心した。自慢の蔵だと言うだけあって、火事や地震に耐えるのはもとより、盗人などを防ぐ手立ても万全であった。

「いやあ、驚きました……さぞや立派な大工の仕事なんでしょうな」

何度も溜息をつく金兵衛に、もし蔵を建てるならば紹介するとまで言ってくれた。京橋の仲の良い大店は、同じ大工に頼んで、似たような堅牢な仕組みにしているという。

「ありがとうございました。良き参考になりました。今後ともお付き合いを願っておりますので、改めて一献、差し向けたいと存じます」

「それはもう楽しみにしています」

「いやあ、上方のうちの店も建て直さにゃなりませんなあ。あはは」

金兵衛が機嫌良く笑うのを、倫右衛門は親近感をもって見つめていた。

空になった大八車を曳いて、『加賀屋』に帰ってきた金兵衛は、出迎えた清左衛門に向かって、ニンマリと目配せをした。何もかも承知したような顔で頷く清左衛門に、金兵衛は鼻の頭を撫でながら、

「細工は隆々、仕上げをご覧じろ、ですかね。ご丁寧に蔵の中まで見せてくれたけれど、蔵の造りの割には錠前は……あんなの俺なら朝飯前ですわいなあ」

「焦るな。急いては事をし損じるというからな」

清左衛門が慎重な声で言ったとき、奥からお紺が顔を出して、

「そりゃ楽しみだねえ」

と微笑んだ。

「――おまえが口出しすることじゃない。黙って見てろ」

「随分だねえ。私の美貌のお陰で、会所のお金も集まったんじゃないか」

「まるで弥勒菩薩を拝むかのように、ポンポン金を放り込んだからな。もっとも後で儲けると、みんな思ってるからだ」

「なんだかんだと五百両は集まってるよ」

「そんなのは小遣いだ……まさか持ち逃げされるとは、仏様でも知るまい」

鼻で笑った清左衛門だが、真顔に戻って、お紺に囁いた。

「それより、あの浪人はどうした。ケリをつけたんだろうな」

「私の色香にイチコロだよ。それでも念には念をと五十両ほど渡しておいた」

「ばかやろう。そんなことをすると、余計、付け込まれるじゃないか」

「その時はその時。最後の手段ってやつで……」

と言いかけたとき、清左衛門がシッとお紺の口を押さえた。

ほとんど同時に、暖簾を分けて、錦が入ってきた。

「いらっしゃいまし……」

清左衛門は主人らしく丁寧に声をかけたが、お紺はとっさに顔を背けた。

「――やはり、お紺姉さんでしたか……」

錦がいきなり名前を呼ぶと、清左衛門の方が驚いた目で、

「あなたはたしか、番所医の……」

「八田錦と申します。お内儀のお紺さんとは、以前、同じ小石川養生所におりました」

「ええっ……!?」

あまりに大きな声で、清左衛門が吃驚したので、金兵衛も何事かと目を丸くした。

お紺はそっぽを向いたままだが、錦はゆっくりと近づいて、

「ご無沙汰しております。もう五年以上前になりますか、まだ私が下働き同然のときに、お紺姉さんは、養生所医師らに信頼された見習い医でしたね」

「……」

「私の父も生前は、大層、頼りにしておりました。まだ十六、七の頃から、医学の道を志していたんですものね」

錦の話を聞いていた清左衛門は、誰かと勘違いしているのではないかと言ったが、錦は「私を知っていますよね、お紺姉さん」と問い質してから、

「いつぞや、日本橋の大通りで、浪人が若い職人風を追いかけていたとき、私が浪人を取り押さえたんです。そのとき、人混みの中に、チラッとお紺姉さんの姿が見えたので……でも、人違いかもしれないと思ってたんですが」

「が……？」

清左衛門の方が少し苛ついた様子で、訊き返した。

「こんな綺麗な人だし、毎日のように一緒にいた人を忘れるわけがありません」

「先生も負けず劣らず器量好しですけどね」

錦は清左衛門の言葉を聞き流して、

「でも、お紺姉さんは、なぜかあるとき、ふいにいなくなった……本当にふいに」

と言うと、お紺は顔を背けたまま黙って聞いていた。その様子を清左衛門は、明らかに妙だと思っているようだが、遠山と縁が深いとの噂の錦を無下に扱うわけにはいかなかった。

「あの後、私はずっと探してたんですよ。せっかく医者としての腕前も上げてきて、

養生所医の松本璋庵《まつもとしようあん》先生にも、長崎に留学を勧められるほどになったのに……」

「……」

「何か事件に巻き込まれたんじゃないかって、町奉行の役人たちも探してくれた。だって、お紺姉さんの実家は、上方の紙問屋で、誰かに騙されたがために、お父さんが自棄酒を飲んで亡くなった……それは事故じゃなくて、誰かに殺されたんだ……そんな話をしていましたよねえ」

錦は三島から先刻、聞いたのであって、お紺から話されたわけではない。ただ、当時から、親が亡くなったから、縁者を頼って江戸に来て、人の役に立ちたいと養生所で医学を学ぶようになったという噂だった。

「そんなお紺姉さんが、自分の患者さんを捨てて姿を消すなんてありえない……私はそう思っていましたよ。でも……」

「……」

「今考えてみれば……お紺姉さんがいなくなったのは、大店が次々と潰れたり、火事になったり、盗人に入られたりして、町一帯が酷い目に遭った直後だった。まるで貧乏葛に枯らされたみたいにね」

強い口調で錦が言うと、清左衛門と金兵衛は思わず顔を見合わせた。そのふたりの表情を錦は見逃さず、

「――ご主人たちも、その話を聞いたことがありませんか」

と、わざと訊いた。

「いいえ。私は三年前に『加賀屋』を預かったので……」

清左衛門が誤魔化すと、金兵衛も惚け顔で、

「上方の者でっさかい、江戸でのことはまったく知りませんなあ」

「そうですか。私も子供みたいなものでしたから、何があったかハッキリとは覚えていませんが、お紺姉さんが突然いなくなったことと重なって、印象が残っているのです」

錦が探りを入れる目つきになると、お紺は含み笑いをしながら、

「私は、あなたみたいな立派な人は知りません。それに小石川養生所にいたことなど、ありません。上方の紙問屋ってなんですか」

「あなたはお父さんを死に追い込んだ仇討ちをするために、清左衛門さんに近づいた。私は心底、同情しています。でも、お紺姉さん、あなたの仇討ちの仕方は間違

ってますよ」

「何を言ってるんです。頭がおかしいんですか」

「その清左衛門さん……いえ、葛の文蔵に同じ罪を犯させて、それを証拠として、お上に捕らえさせる。その腹づもりでしょうが、それは悪事に加担するのと同じことです」

「いい加減にしなさいよッ」

「病にたとえるなら、薬を作るために、わざわざ病人を作るようなものです。しかも、取り返しのつかない病で」

「……」

「昔のお紺姉さんなら、そんなことしませんよね。きちんと……」

「うるさいわねえ」

お紺は苛々と錦の話を止めた。

「何を言ってるのかサッパリ分からないけれど、世の中には劇薬ってのも必要なんじゃありませんか。何が狙いか知りませんが、ここは私の主人、清左衛門の店です。そして、この京橋を盛り立てているところなのです。そうやって邪魔をするのは、自分だけが儲けたいからですか。それとも、私たちのしていることへの嫌がらせですか」

一気呵成に捲し立てると、最後は「出ていってちょうだいッ」と金切り声を上げた。

それでも錦は冷静に見ていたが、

「――そうですか……分かりました。お紺姉さんがそこまで惚けるのなら、私にも覚悟ができました」

「覚悟……？」

「はい。あなたを危ない心の病から救ってみせます」

「なんです、それ……」

「仇討ちをしたところで、恨みという病は、決して癒えることはないからです」

「……」

「それが私の恩返しでもあります」

錦とお紺がじっと見つめ合うのを、清左衛門と金兵衛は微動だにせず見ていた。

そのふたりを、錦は毅然と睨みつけてから、背中を向けて出ていった。

しばらく重い沈黙が淀んでいたが、

「——やはり、遠山の密偵という噂は、あながち嘘ではないかもしれんな」

と清左衛門が言うと、金兵衛も痺れを切らしたように訊いた。

「ここまで手間をかけてきたのに、今更、やめるつもりはないだろうな」

「急いては事をし損じる……が裏目に出たようだな。だが、慌てることはない。まだ何もしていないのだから、お上も手が出せまい」

「しかし……」

「おい、お紺。おまえ、何者なんだ。本当に俺に恨みがあるのか」

「おまえさん……綺麗な女先生だと思って、あんな出鱈目に惑わされるんですか」

「……そうじゃないが、俺はおまえにゾッコンだ。素性が誰であれな……この際、言っておくが、俺はあの女医者が言ったとおりの男だ」

「……」

「驚かないってことは、やはり承知していたんだな」

「そりゃ私は馬鹿じゃないからね。でも言っとくけれど、こっちも苦労してきた身の上なんだ。金の匂いには敏感なんだよ。だからこそ、知らぬ顔してついてきたんじゃないのさ」

お紺が甘えるような口ぶりで言うと、清左衛門、いや文蔵はギラリと睨みつけ、

「本当のことを言ったんだ。裏切るような真似をすると容赦しないぞ」

と腹の底から脅すように言った。

七

その夜――両国橋東詰の船宿の船着き場から、『恵比寿屋』倫右衛門が屋形船に乗り込む姿があった。

足を踏み入れた瞬間、「おや？」と倫右衛門の表情が強ばった。

目の前には、清左衛門こと文蔵がひとりで座っていた。酒肴の用意がないどころか、酌婦のひとりもいない。

大川の河口から海にゆっくり流れる屋形船の中で、押し黙ったままの文蔵を見ていて、倫右衛門はしだいに不快な顔になり、やがて落ち着かない様子になってきた。

「これは……どういうことですかな、『加賀屋』さん。わざわざ船遊びに招かれた

かと思いきや、まるで通夜ですな」

痺れを切らしたように、倫右衛門は文蔵に言った。

「そうだな。下手すりゃ、今夜はおまえさんの通夜になる」

「!?——な、何を言い出すのです」

「言葉どおりのこった」

明らかに物言いや目つき、態度がならず者のようになった文蔵に、倫右衛門は俄に表情を強ばらせて、

「どういうことです。『加賀屋』さん、私があなたに何かしましたか」

「言っておくが、たしかに俺は『加賀屋』の主人だが、清左衛門ではない。本当の名は文蔵といってな、世間じゃ〝葛の文蔵〟と呼ばれている」

「えっ……！」

ゴクリと唾を呑み込んで、倫右衛門は少し仰け反った。

「聞いたことくらいはありそうだな」

思わず倫右衛門は障子窓を開けようとしたが、その手を文蔵は払った。

「無駄だ。誰も助けに来ないよ。船頭も俺の手下。他にふたりばかり用心棒の浪人

も舳先《へさき》と艫に乗っている」

「……」

「倫右衛門……おまえは今度の商いで、幾らほど儲けると踏んでる」

「も、儲けなどは分からない……私は京橋を盛り上げるために、少しでも尽力を……」

「算盤を弾かねえ商人がいるはずがない。会所への寄付も、おまえが一番多い。見返りを見込んでのことだろう」

「そんなことは……」

「ないってか」

文蔵の脅す目つきに、倫右衛門は必死に頷いた。

「だったら、とりあえず会所に集まった五百両ほどの金は俺が貰うことにする」

「ば、馬鹿な……」

「その上で、相談だがな……おまえの京橋での人望を使って、此度、集まった京橋の商人仲間の蔵の鍵を開けさせろ」

「えっ……？」

「ごっそり金目の物を盗んだ上で、綺麗サッパリ蔵を燃やしてやるよ」

「な、何をめちゃくちゃなことを言ってるのだ。失礼する！」

立ち上がろうとすると、艫の側から目つきの悪い浪人がひとり入ってきた。抜き身の刀で肩を押さえられると、倫右衛門は仕方なく座り直した。

「まあ、話を聞け。俺はおまえだけは〝葛の文蔵〟の仲間にしてやろうと情けをかけてやってるんじゃねえか」

「……」

「今頃は、おまえの蔵から有り金はぜんぶ持ち出している。金兵衛の話によると、ざっと三千両はある。他にも先祖伝来の逸品もな」

「金兵衛……『八島屋』の……」

倫右衛門は蔵に招き入れたことを思い出し、アッとなった。

「あいつの盗みの腕前はなかなかのものでな。『井桁屋』市右衛門も仲間だ……商人同士ってのは信頼すると、内輪のことでもつい話してしまうからな。市右衛門から耳に入ってくる話では、おまえが一番の欲惚けで、俺たちの仲間になれるだろうとのことだ」

「……く、下らない。冗談はよしてくれ」

「嘘だと思うなら、自分の店に帰って見てみるがいい。『井桁屋』も今頃は看板だけを残して、番頭も手代らもいなくなっているだろう。なんたって、金兵衛の仲間だからな」

「ふ、ふざけるな……」

感情を露わにする倫右衛門に、文蔵は鋭い目つきのまま、

「俺はすべてを晒け出して、相談してるんだ。でないと、おまえは盗人の仲間として、お上に睨まれることになるぜ」

「どうして、そんなことになるのだ。いい加減にしてくれ」

「おまえの店の蔵から金はなくなったが、盗品だけが残ってる」

「盗品……？」

「ああ、金兵衛が届けた物はぜんぶ、公家や大名屋敷から盗んだものだ。盗品じゃなきゃ、只でやったりするものか」

「……」

「まだ分からねえのか、鈍いな……おまえの店は盗んだ物を売っていたと評判にな

り、その上、町奉行所からも追及されるだろう。金兵衛が持ち込んだなんてことを話しても、誰も信じないだろうな。その頃にはドロンだ」

倫右衛門は我に返ったように、

「そうか……それが脅しの手口か。私を強請《ゆす》る気なんだな。幾ら欲しい」

「馬鹿か。もう三千両は頂いてる。肝心な話はこれからだ」

文蔵は野太い声を低めて、

「さっき言ったとおり、京橋の商家の蔵の鍵を頑丈なのに取り替えるとでも言って、すべて開けさせておけ。おまえは信頼されているから、誰もが言うことを聞くだろう」

「……それで、うちにやったように押し込む気か。そんなことは、断るッ」

決然と言った倫右衛門に、文蔵は冷徹な目つきのまま続けた。

「他の店の金品をすべて盗み出した暁には、おまえの店の金だけは返してやる」

「そんなこと……信じられるか。商売仲間を売るようなことができるか」

「立派な商人だな。じゃ、しょうがねえ。『恵比寿屋』は盗品を扱っていたということで、町奉行からお裁きを食らうんだな」

「幾ら言い訳をしたところで、代々続いたおまえの店の看板には傷がつく。一度ついた傷はなかなか消せるものじゃないぜ」

文蔵の睨む目の奥にゆらゆらと炎が揺れると同時に、屋形船も沖合の波に大きく横揺れするようになった。不安げに俯いた倫右衛門の顔からは血の気が引いている。

「船酔いか、おい……」

文蔵が声をかけると、倫右衛門の背中はさらに丸くなった。

「この場で海に沈むか、盗品を扱う商人になり下がるか、仲間を売るか……おまえが選べる道は、このうちのひとつだ」

「……」

「さあ、決めな。でねえと、手っ取り早く海に沈むことになるぜ」

痺れを切らしたように言う文蔵に、倫右衛門は言った。

「盗人稼業だろうが、騙り一味だろうが、そして商人だろうが大事なことがある。それは信用を裏切らないってことでしょう」

「なんだ……？」

「あなたたちだって、ワルはワル同士で信頼しているからこそ、悪事を全うできるのでしょ。なんだか妙な話ですな」

「いらぬ説教だ。要するに仲間は裏切らないってことだな」

「うちの金と会所の金、それで十分じゃないですか。まさか『加賀屋』さんが、こんな輩とは思ってなかったが、ならば尚更、他の仲間を裏切ることなんかできない……どうぞ、斬るなり溺れさせるなり、好きに料理をして下さいまし」

倫右衛門は相手に絶望して、覚悟を決めたように正座をし直した。

「そうかい……どうやら市右衛門は見る目がなかったようだな。惜しいが死んで貰うしかなさそうだな」

文蔵が煮えくり返った声で言ったとき、ドスンと屋形船が何かに激突するように揺れて、動きが止まった。同時に、いきなり障子窓が外から破られると、風と波が吹き込んできて、投げ縄が数本飛んできた。

その鉤《かぎ》が手すりや窓枠などに引っかかると、グイグイと引かれて、屋形船が回転した。文蔵も倫右衛門も浪人もゴロンと床に倒れて、壁にしがみつこうとした。

文蔵が表を見やると、屋形船の脇には筏のようなものが幾つも張り付いて動かないようにされていた。

その周りには、御用提灯を掲げた何艘もの艀《はしけ》が取り囲んでいる。大声で「御用だ、御用だ」と捕方《とりかた》の声が湧き上がり、先頭の艀には、佐々木と嵐山が気迫の込もった目をして立っていた。

八

捕らえられた文蔵は、その夜のうちに北町奉行所に連れていかれた。一晩だけ牢部屋に留められ、翌日すぐに吟味方与力に調べられ、即座に遠山奉行のお白洲を受けて、

――獄門。

と断じられた。伝馬町牢屋敷に送られることもなく、すぐに小塚原《こづかっぱら》の刑場に連行され、処刑された。だが、女房のお紺は小伝馬町の女牢に入れられて、吟味方の調べが続けられていた。

吟味は穿鑿所《せんさくしょ》にて執り行われる。西口揚屋《あがりや》という女牢から連れてこられ、牢屋奉

行の石出《いしで》帯刀《たてわき》の立ち会いのもとで詮議される。

お紺は、文蔵が捕らえられたときには、『加賀屋』にいたが、すぐに町方役人が捕縛して、一端、南茅場町の大番屋に連れていかれ、そのまま女牢預かりとなった。

牢屋敷内の穿鑿所には、石出帯刀の他に牢屋同心がふたりも同席し、出向いてきた吟味方与力の藤堂逸馬《とうどういつま》が質問攻めに立った。

この際、お紺がかねてより体の調子と心を病んでいることを考慮し、番所医の八田錦が看護することが遠山奉行から命じられていた。むろん、錦とお紺の関わりも承知の上で、事実を詳《つまび》らかにするためである。

後ろ手に縛られたまま、土間に座らされているお紺は、壇上の板間に吟味方与力と一緒にいる錦の姿を見て、

「本当に、ご立派になられて……」

と皮肉っぽい言い草で言った。すぐに藤堂が制止したが、お紺は何やらぶつぶつと独り言を呟いていた。

「牢屋敷の居心地はどうだ」

藤堂が尋ねると、お紺は意外そうな目を向けて、

「昔の記録によると、おまえも養生所医とともに、何度か女囚を診に来たとあるが……その中のひとりは恨みで人を殺めたとのことだが、打ち首が確定していた」

「――ええ、よく覚えております。とても怯えておりました」

「自分がその身になって、どう感じる」

「私は……人を殺しておりませんし、文蔵の悪事に荷担していたわけでもありません」

「いや。会所の金集めのため、まるで弥勒のごとき振る舞いで手を貸していたのには動かぬ証拠がある。『恵比寿屋』をはじめ京橋の商人たちも調べに対して、正直に話している」

「さようですか……」

お紺は諦めとも、無関心とも受け取れるような素っ気ない態度で、藤堂の話や質問を聞いていた。

「同席している八田先生とは、昔馴染みらしいが、何か言うことはないか」

「……別に何も」

「さようか。だが、八田先生は、おまえの罪科の軽減どころか、無実を訴えている」

「無実……」

一瞬、やるせなさそうな目を上げて、錦のことを見たが、

「ふん。訴えるもなにも、私は何もしていないと何度も話してますが。たしかに、文蔵のことは知っておりました。憎い男です。あいつは私の父親を騙して金を吸い上げた挙げ句、酒に酔っ払って溺死したと装って殺したのですからね」

「その話は事実なのか」

「ええ。私は小さな紙問屋のひとり娘でした。母親はその頃はもう……」

「病で亡くなっていたのだな。それで、おまえは遠戚を通じて江戸に来て、縁あって小石川養生所にて働くようになった。母親のような病に罹ったものを助けたいと」

「ええ、まあ……父親は酒はろくに飲めなかったけれど、どちらかというと遊び好きで、博打とか女に手を出しては痛い目に遭ってたらしくてね。だから、母親は苦しんでいました……だからといって、騙して殺していい人間ではありません」

お紺はハッキリと父親を庇うように言うと、その通りだと藤堂は返した。

「文蔵は、捕らえられた後、『自分はまっとうな商人で、強請りや騙りはもとより、人殺しをしたことなどはない』と訴えたが、その前に捕縛された金兵衛と市右衛門が意外とアッサリと吐いてしまった」

「吐いた……」

「奉行所では金兵衛に目をつけていたからな。『恵比寿屋』から金を盗んだところを押さえられたし、もう逃れられないと観念したのだろう。すべては文蔵の命令だと白状したのだ」

藤堂は証言を並べ立ててから、三島という浪人が女房を殺されたことや勘吉にも触れて、

「この者たちも、葛の文蔵のことを何年にもわたって探し廻っていたのは、おまえと同じく、大切な人が騙された上に、手をかけられたことを恨んでいたからだ」

「……」

「それほど、文蔵という輩は人でなしだったというわけだ」

同情の目で見やる藤堂に、お紺は、

「だから、なんですか……」

　と冷めた声で言った。上目遣いで見る仕草には艶やかさが漂っているが、女囚の着物のせいか、哀れみを帯びて見える。

「誰も相手にしてくれなかったじゃないですか……私が訴え出たときには」

「相手にしなかった……町奉行所がか？」

　そういう事案はたまにあるが、葛の文蔵が関わっていることならば、町奉行所が動かないということは有り得ない。

「その頃は、葛の文蔵という名があったかどうか知りませんよ。ですが、私は今、藤堂様から話が出たように、この牢屋敷に来ております。獄囚の〝堅固〟を診るためにね。錦さんもそうでしょ」

　お紺はチラリと錦を見やった。

「あるとき、たまさかですが、捕縛されてきた男の顔を見たんです。名前は知らないけれど、たしかに私の父親を騙した人でした」

「まこと……？」

「それで色々と探りを入れたら、その人は文蔵の手下に過ぎないと分かった。だから、私は町奉行所に訴え出て、その男を探し出してくれと頼みました。ところが……上方であった事件のことなど、誰も相手にしてくれない。それどころか、妄想だとまで言われた」

「そんなことが……」

「もし、そのときにとっ捕まえていたら、他の事件は起こらなかったかもしれない」

「……」

「だから私は、自分なりに探し始めて、ようやく葛の文蔵に〝巡り会えた〟……ええ、巡り会えたんです。だから私は、旅籠で文蔵を接客し、色香で惑わせ、こっちから女房にするよう仕向けたんです」

お紺に、美貌や体をダシにしたことを悔いている様子はない。

「けれど、文蔵は女房同然の私にも、本当の姿はなかなか見せなかった。あくまでも『加賀屋』の主人になりきっていた……もっとも、本当に『加賀屋』を引き継ぎ、何年もかけて京橋の商人たちと信頼を築いて、虎視眈々とすべてを奪い取ることを企んでいたんですからねえ」

「……」

「恐ろしい人間ですよ。だから私も騙されたふりをして、ずっと側にいた。いつか必ず襤褸《ぼろ》を出すことは分かっていたから。まさに根比べですよ。なのに、あんたが……」

と凄い目つきで、お紺は錦を見上げた。

「正面切って、『加賀屋』に乗り込んできた。私の昔話をすることで、文蔵を牽制するつもりだったのでしょうけど、却って火が付いてしまった。放っておいてくれたら、昔の大きな事件も含めて、すべてを暴くことができたはず……ただの押し込みや騙りで処刑したところで、何になるんです」

「だが、もう処刑された」

「文蔵はすべてを認めましたか？　違うでしょ。貧乏葛のように大樹を枯らした罪ではなく、たかが一軒の大店から金を盗んだというだけで処刑されたんですよね」

「むろん、それだけではない……」

「けれど、昔の神田でのことも、三島さんとやらのことも、私の父のことも、結局、何も分からないまま終わった……それだけじゃない。もっと裏があるはず」

お紺が興奮気味に話すのを、錦はじっと見据えていた。

「だって、そうじゃないですか。文蔵は、何万両もの金を手にしていたはず。だったら、二度と危ない真似なんかせずに、左団扇で暮らせるはず」

「罪人は金儲けだけではなく、罪自体を楽しむこともあるのだ」

藤堂がシタリ顔で言うと、お紺は小馬鹿にしたように長い溜息をついて、

「文蔵はああ見えて、結構、臆病だったんですよ。私は側で寝起きしてましたからね、分かるんです……夜な夜なうなされてました」

「己が悪事に苦しんでいたのだろう」

「違います。誰かのために手の込んだ罪を犯していた。得た莫大な金のほとんどは、何処かに消えている……何処に行ったのでしょうかね」

「……」

「そして、捕まった途端すぐに、まるで口封じのように処刑された……それは、どうしてなんですか、藤堂様」

文蔵は悪党に違いないが、裏にはもっと悪辣な者がいるとでも言いたげだった。

だが、藤堂としては、それを認めるわけにはいかぬ。あくまでも『恵比寿屋』押し

込み一味の頭領として、断罪したからである。

「藤堂様、よろしいですか」

錦がおもむろに立ち上がると、土間に降りてきた。お紺の前にしゃがみ込むと、懐かしむように手を差し出した。

お紺は嫌がるように身を捩《よじ》らせたが、錦はそっとお紺の襟元を崩して、肩の後ろを見た。そこから背中にかけて、掌ほどのくすんだ茶色の痣《あざ》が広がっていた。まだら模様に見えた。

「――この火傷の痕は、私を庇うために負ったものですよね」

錦が言うと、お紺は体をさらに捩ったが、後ろ手に縛られているので、思うようにならない。錦は「ごめんなさい」と謝って、すぐに肌を隠すように襟を元通りにした。

「切羽詰まった出産で、お産婆さんが慌ててお湯をひっくり返したとき、お紺さんがとっさに私を押しやって……庇ってくれなかったら、私は背中どころか、頭からお湯を被っていたかもしれない」

「そんなことが……」

藤堂は溜息交じりに見やったが、お紺は黙っていた。錦はその横顔を申し訳なさそうに眺めながら、

「まだ私は子供で、お紺さんの妹だと間違える人もいた。でも、私はひとりっ子だし、お紺さんもそうだから、姉妹《あねいもうと》のつもりでいました。それくらい可愛がってくれました」

「とんでもない。素性の分からない私と違って、あなたには立派なお父上がいらしたからねえ。比べられるのが恥ずかしかったよ」

「時には甘い物を食べに連れていってくれたり、上野や浅草の方まで遊びにも……」

「誰でもすることでしょう……」

「本当に実の姉妹のように思われていた。私は、お紺姉さんが一生懸命、患者に向かっている姿を見ていました。だから、他の先生たちも背中を押していたんだと思います」

「……」

「なのに突然……」

「もういいわよ。昔話なんか。あなたは偉い先生になって、昔を懐かしんでるかもしれないけれど、こっちはそれどころじゃない。生きてるだけで精一杯だったんだからね」

突き放すように言うお紺に、錦は慕い続けている表情で、

「養生所にはなぜか弥勒菩薩像がありましたね。片膝を組んだような。子供心に仏像にしては生意気そうな格好に見えたけれど、あれは半跏思惟像といって、思索にふけっている姿なんですってね」

「……」

「世の中を変える御仏だから、一揆などの折にも担ぎ出されたそうですが、あの思索は自分のことではなくて、他人のことを案じている姿なのですってね」

「知らないわよ……」

「教えてくれたのは、お紺姉さんですよ。だから、医者も弥勒のように常に人のことを考えていないといけない……そう言ってた」

「誰かの受け売りでしょうよ」

「だとしても、お紺姉さんはいつも、弥勒様に手を合わせていた。自分が弥勒様に

なることを望んでいるかのように」

弥勒菩薩像は顔かたちは美しく、肌は柔らかく、しなやかな流れるような女らしい形が多い。その光明は宝を雨のように降らし、人々の願いを叶えてくれると言われている。

「だから、お紺姉さんは、みんなに弥勒のようだと言われていましたよね」

「……」

「でも、人を騙すための弥勒ではなかったはずです。たとえ、仇討ちのためとはいえ……けれど、お紺姉さんはまだ何もしていない。文蔵のことを親の仇と思って近づいただけで、罪を犯したわけじゃない」

「結果として、見えないところで手伝ってた」

「だとしても、盗み以外はまだ何も起こってない。京橋の商人仲間たちは誰も被害を被っていないし、会所のお金も戻ってきた」

すべてを承知しているように錦は言った。

「けどね……会所にお金が集まったのも、私のせいみたいなものよ」

「聞いて、お紺姉さん……」

錦は切なそうな顔になって、しみじみと訴えた。

「悪いことをしたと思うなら、その報いのために、養生所に帰ってきてくれない？」

「ばかばかしい。医術のことなんて、すっかり忘れてしまったよ」

「すぐに思い出すと思う。それに……」

「……」

「お紺姉さんはやはり人のことを考える弥勒なのよ。だから、文蔵の心の中のことも考えて、近づいた……どうか、そんな気持ちを、多くの世の中の人のため、特に病人のために使って欲しい……」

懸命に話しかける錦の声を、お紺は黙って聞いていただけだが、もう何も話さなくなった。錦の顔すら見ようとはしなかった。

すると、藤堂が声をかけた。

「文蔵の余罪は、昔のことも含めて、私が調べ直す。裏に誰かいるのなら、それも遠山様に訴えて、死力を尽くして暴く。だが、おまえにはおまえに相応しい刑罰を与えねばならない。よいな」

静かな物言いだが、突き放すような藤堂の表情に、錦は落胆した。

お紺は一旦、女牢に戻されたが、数日後、江戸払いになり、故郷の近くである生駒山にある尼寺に送られた。弥勒菩薩像が本尊だというが、何処にあるかは錦にも分からない。

ただ、江戸から発つとき、お紺は送り出しに同行してきた役人に、

『八田錦先生こそ、弥勒のような、人を思い世を救うような医者になって貰いたい』

そう伝えて欲しいと頼んだという。

第四話　隠れん坊

一

一生を終えるのに相応しい所かどうかは、誰にも決めることができない。この女の場合、あまりにも謎が多すぎて、様々な憶測が飛び交った。

おれん――という六十絡みだと思われる女だが、本当の年と名かも分からない。

この女の死体が見つかったのは、夏の暑さも一段落がついて、秋の虫の声が聞こえる頃だった。石川島が見渡せる海辺、十軒町にある小さな長屋の一室でのことである。

すぐ近くの『みやこ屋』という茶店に、三日に一度、働きに出向いていた。が、約束の日に出てこないので、同じ茶店で働く美咲《みさき》という小娘が訪ねてきて見つけたのだった。おれんが長屋に来たのはもう三年程前になるが、挨拶程度で人付き合いはなく、井戸端会議にも加わることはなかった。

見つかったときは、何か物を取ろうとした格好で前のめりに倒れていた。

すぐに自身番に知らせに走ると、その場にいた定町廻り同心の佐々木康之助と岡っ引きの嵐山が駆けつけてきた。

女独り暮らしの不審死であることに間違いないので、番所医の八田錦も呼び出された。八丁堀にある元吟味方与力・辻井登志郎の屋敷からは、さほど遠くない。錦は辻井の屋敷に身を寄せて、町医者として診療所も開いていた。

「――はちきん先生……お忙しいところをどうもすみません」

本気では思っていないだろう顔で、佐々木は錦に声をかけた。すぐに嵐山が、見つかったときの状況を話したが、死体はすでに死後二日は経っていると思われた。

つまり、最後に働きに出た茶店から、帰ってすぐ亡くなったと思われる。

「長屋の者の話だと、夕暮れに帰ってきて、その夜は行灯がついていたらしいですが……翌朝になって、水汲みにも用足しにも出てくる様子がなかったけれど、それはいつものことだそうです。普段からあまり言葉は交わさないとか」

「言葉を交わさない……」

「大袈裟じゃなく、おれんがどんな声かもハッキリとは分からないほどで」

「おれん……」

「へえ。長屋でも茶店でも、本人はそう名乗ってやすが、身元が分かるような……例えば道中手形とか守り札とか、誰かからの文とか、そういうものは一切ないんでやす」

　錦は嵐山の話を聞きながら、その場で全裸にして打擲などの傷はないか、何者かに襲われた痕跡がないか、突然死するような疾患の片鱗があるか、などを克明に調べた。検分した範囲では、

　——何者かに殺された。

　という形跡はまったく見当たらなかった。毒殺かどうかも、詳しく調べてみなければ分からないが、その反応は何処にもなかった。

「独り暮らしの老婆がポックリと逝《い》ったってやつですかね」

「どうやら、そのようね……お産の痕もないし、生涯独り身だったのかしら」

「それならそれで、幸せだったかもしれやせんね。夫婦や親兄弟でも、争い事があれば憎さ百倍で、殺し合いになることもあるし、面倒な奴と一生付き合わなきゃな

らないのも、厄介だしなあ」

「嵐山親分もそういうことが？」

「独り者ですから、変な煩わしさがなくて清々してやす。けど、その手の事件は掃いて捨てるほど見てきやしたからね」

この女の死は、まるで幸せだったとでも断じるように、嵐山が言ったとき、

「――どうだかなあ……」

と土間の下を見ていた佐々木が言った。

「土間と上がり框《かまち》のところには、草履の跡がある。その女の履き物とは違う。草履もあるが、おれんはぽっくり下駄が好きだったようだな」

佐々木は上がり框の横にある隙間から、下駄を取って見せた。芸者が履くような立派なものではなく、形状は似ているが厚みも薄い安物で、何処にでもあるものだ。

それに比べて、足跡は明らかに大きく、男物のようだった。しかも、嵐山くらいの大きな足のようだった。

「俺のじゃないですよね」

嵐山が訊くと、佐々木は「馬鹿にしているのか」と怒って、じっくりと見た。

「これだけ明瞭に残ってるってことは、雨の日についたのかもしれませんね」

覗き込んだ錦が言うと、嵐山はこの十日ほどは雨は降っていないという。倒れていたおれんの着物も湿気っていなかった。死んだのが二日前だとしたら、足跡はその数日前ということになる。此度のことには関わりないのではないか、というのが錦の意見だった。

だが、定町廻り同心としては、小さなことでも丹念に調べなければ気が済まないのであろうか、佐々木は嵐山に、

「長屋に出入りしていた男を隈なく探して、同じ足跡の草履の持ち主を探し出せ」

と命じた。

「旦那……いつから、そんなに探索熱心になったんです」

嵐山がからかうように訊くと、佐々木は半ばムキになって、

「いいから、言われたとおり、とっとと働きやがれ。近頃、おまえは、はちきん先生だけに取り入って、俺の命令に従わないだろうが」

「そんなことありやせん。あっしは……」

「うるせえ。こいつは殺しかもしれねえんだ。さっさとしろい！」

と檄を飛ばした。

嵐山は、亡骸の側に戻っている錦に軽く頭を下げてから、飛び出していった。

「美咲という茶屋娘の話じゃ、見つかったとき、前のめりに倒れていた。俺たちが駆けつけてきたときもそうだった。てことは、誰かに迫られて逃げようとした……とも考えられる」

「壁の方に向かってですか」

「とっさのときなら、考えもなく思わず相手から遠ざかろうとするだろう」

「外傷はまったくありませんが」

「だとしてもだ。何かある。いや、何もないから逆に気になる……先生は探索には素人だが、俺は十手を預かってから十数年。殺しの匂いがプンプンするんだよ」

「とにかく、もう一度、検分をし直すしかありませんね」

錦が亡骸に着物を着せ直そうと帯に触れたとき、硬いものを感じた。よく見ると、帯の内側に何か縫い込んでいるようだ。鋏で縫い糸を切ってみると、そこには平らな小判の大きさくらいのものがあった。

くすんでいるが、金箔ではなく、金の塊のようだった。よく見ると、そこには、

――丸の中に山の文字。

の刻銘があった。商家の屋号のようにも見える。

「佐々木さん……もしかしたら、この屋号と関わりがあるのかもしれませんね。帯に埋め込むくらい大切なものですから」

錦が差し出した金の塊を、佐々木は不思議そうに受け取ると、少し齧《かじ》ってみせ、

「たしかに金だな」

「そんなこと、分かるのですか」

「鉛に金箔をしたのとは、味も硬さも違うんだよ。ま、先生には縁がないものだろうがな。金てのは苦みと渋みがあって……」

「講釈は結構ですから、その屋号のようなものを探してくれませんか」

「言われなくてもやるよ。小汚い長屋に住むような女が持つ代物じゃねえから、誰かに貰って後生大事にしてたんだろうよ。いざとなったら売るつもりだったのかねえ」

佐々木は天井から壁、床などを眺めながら、金の塊を懐に入れた。

「盗《と》らないで下さいよ、佐々木さん」

「人聞きの悪いことを言うなよ。幾ら袖の下同心と言われてもな、他人様のものを勝手に頂くような真似はするものか」

「自分で袖の下同心と認めますか。絶対にお金に換えないで下さい」

「なんだ、その言い草は……」

不満げな佐々木に、錦は亡骸に着物をキチンと着せ直してから、

「この方を宜しくお願い致します。私はちょっと気懸かりなことがあるので、茶店の方に行ってみますね」

「茶店……？」

「おれんさんが働いていた店です」

「何が気懸かりなんだ」

「最初に見つけた人が怪しいって、佐々木さん、いつも言ってるじゃありませんか」

「そう思うのか」

「分かりません。でも、長屋の人とも付き合いがなさそうだし、美咲ちゃんて娘《こ》だ

けが訪ねてきて見つかったのだから、少しはおれんさんとやらのことが分かるかもってね」

「さすがは先生……女同士で話して、何か分かったら、教えてくれよな」

佐々木はそう言いながら、もう一度、女の亡骸を哀れみを帯びた目で見た。


その頃――。

江戸から離れた甲州の山間の渓流で、中年侍が釣り糸を垂らしていた。人の良さそうな風貌で、釣果《ちょうか》など気にせず、日だまりと涼やかな水音を楽しんでいるようだった。

そこに、藪道を歩いてきた、しっかり者という感じの女が、

「今夜は、山女魚《やまめ》のご馳走が食べられそうですか」

と声をかけた。

渓流の音で気づかないのか、中年侍は釣り竿の先を見ているだけだった。

すぐ側まで近づいてきた女が、魚籠《びく》を覗いたが空っぽなので、

「日が落ちるまでは、まだ時がありますので、根気よくお願い致しますね」

と言いながら、横に座った。

「うわっ。吃驚した……なんだ、おまえか、静枝《しずえ》……」

中年侍は竿を落としそうになったが、静枝がすぐに手を添えて、

「まるでオバケでも見たような。あは、でも、私も四十過ぎましたので、オバケに間違われても仕方がないですわねえ」

「馬鹿を申すな。おまえは年を重ねるたびに美しゅうなる」

「女房を口説いてどうするのですか」

「甲府勤番士、五十嵐左近《いがらしさこん》。俺は嘘とムカデは大嫌いなのだ。だから、魚の餌も虫は嫌だから、もっぱら米粒だ」

「だから釣れないのですよ」

静枝は屈託のない顔で笑った。釣られて左近も頰を緩めたとき、グイッと引きがきた。思わず左近は思い切り竿を上げたが、ほんの一瞬、川面から魚の姿が現れただけで、バレてしまった。

「あっ。しまったッ……逃げられた」

「ちょっと急ぎすぎましたね。もう少しじっくりと構えたらよろしかったのに、私

を口説いたときみたいに、うふ」

「まったく……俺としたことが……」

逃がした魚は大きいとばかりに、左近は釣り竿を手元に戻し、また餌の米粒を針に付けようとした。だが、あまり上手くいかない。すると、静枝は横合いから糸を手繰り寄せて、足下にいたゴカイのような虫に針を刺した。

左近は竿を川に向かって投げ出し、

「――しばらく江戸に帰るのは難しいかもしれぬな……」

と申し訳なさそうに言うと、静枝は少し体を寄り添わせ、

「お勤めなのだから仕方がありませんわ。そもそも、甲府勤番士の私の父の跡を継いだのだから、今更、愚痴はいけませんよ」

甲府勤番支配は江戸城芙蓉間詰、役高三千石の旗本職。遠国奉行の上席である。享保の改革の一環として、経済対策によって生まれた役職だった。

つまり幕府の直轄領である甲斐国に常在して、甲府城の守衛や城米の管理から、武器弾薬の整備、さらに町政を担った。昔の武田支配地ゆえ、老中直属の旗本が特別に出向いていた。

もっとも、左近は小普請組からの出向で、わずか百石の勤番士に過ぎない。甲府勤番には追手《おうて》と山手《やまのて》という、ふたりの勤番支配が統率しており、左近は山手の番士、百人のうちのひとりであった。

「俺たちはいいのだが、美咲のことが心配でな……年頃だから、余計に……」

「大丈夫ですよ。『みやこ屋』の女将さんは、私の馴染みで大の仲良し。しかも元はあなたと同じ小普請旗本の奥方。だから、案ずることはないですよ」

静枝は励ますように続けた。

「だって私たちは甲州に来て、まだたったの一年ですよ。お隣さんなんか、もう十年余り。奥方様は、『生ける屍同然。江戸に帰るなんて夢のまた夢』と嘆いていますが、住めば都……江戸にはない素晴らしいところが沢山あるじゃないですか。山女魚や岩魚《いわな》も美味しいし……ありつけるかどうかは、おまえ様の腕次第ですがね。ふふ」

仲の良い中年夫婦は、たまの休日をゆったりと楽しんでいるようだった。陽射しが揺れる岩場の陰で、ヒョイッと山女魚が飛び跳ねた。

今度こそとばかりに、左近は慎重に竿を流すようにしながら上げるのだった。

二

「――そうなのね、美咲ちゃん。あなたは、甲府勤番士の娘さんなんだ」

錦は出された茶を飲みながら、美咲に訊き返した。二親が甲州に出向いてから、この茶店に住み込みで働いているという。

朗らかな雰囲気の小柄な美咲は、小うるさい両親だから清々していると言うと、店の奥から出てきたふくよかな女将が「こら」と睨みつけて、

「駄目でしょ。親の悪口なんて」

「冗談ですよ、お峰《みね》おばさん。父上があんなだから、母上が一緒にいないとね」

美咲がクスクスと笑うと、お峰と呼ばれた女将も大笑いして、

「そうだわねえ。言っちゃ悪いけど、左近様はひとりで草鞋《わらじ》の紐も結べないくらい不器用だし、静枝さんは静枝さんで馬鹿が付くくらい面倒見が良すぎるしね。似たもの夫婦なら分かるけど、でこぼこ夫婦ね」

「おばさんの方が酷いことを言ってる」

「あら、ごめんね。私、正直なもんで、おほほ」

ふたりの仲が分かるやりとりを見ていて、錦もなんとなく癒やされた。

「──おれんさんのことですが……」

錦が話を戻すと、美咲は自分の方が後から店に来たから、色々と親切に教えてくれ、何かと面倒をみてくれたという。二親が遠く甲州に離れているから尚更だった。

それでも、素性まではよく知らないという。

女将のお峰の方も、三年程前から来ているとはいえ、独り者だし、さほどお金にも不自由していないようだったから、あまり深くは尋ねなかったという。

「なんというか……昔話をしたくない様子でしたね」

お峰は団子も錦に差し出して、

「何歳かは知りませんがね、あの年頃になると身の上話をしたがるものじゃないですか。亭主の悪口とか、子供や孫の自慢話とか……もっとも、ずっと独り身だったかもしれないし、色々と事情があったのでしょうけど」

「事情……」

「そりゃ誰にでもあるでしょ。私にだって……でも、笑い話として人に言えることと、墓場まで持って行く嫌なことじゃ、全然、違いますものねえ」

噂話が好きそうなお峰だが、かといって余計な詮索はしなかったようだ。

「それでも、少しくらい口振りとか態度とかで、何となく来《こ》し方《かた》が分かりそうなんだけれど、まったく……」

「分からない」

「ええ。よほど隠しておきたいことが、あったのでしょうね。これは間違いない」

お峰は少しふざけた感じで言ったが、亡くなったばかりの人のことゆえ、顰蹙《ひんしゅく》を買ったとばかりに口に手をあてた。

「では、訪ねてくる人もいなかったんでしょうね。長屋の人との付き合いもないくらいだから……でも、美咲ちゃんは様子を見に来た」

錦が尋ねると、美咲は当然だという。

「だって、来るはずの人が来なければ、心配になるじゃないですか」

「それだけ……？」

「もちろん、女将さんも案じてたから、呼びに行ったんです。そしたら……」

「あなたには衝撃だったでしょうね……すんなり部屋に入れたってことは、心張り

棒もしてなかったのね」小首を傾げた美咲は、そのときの状況はそうだったと伝えてから、錦に確認されて、

「でも、いつもはしていたと思う。何度か、おれんさんの部屋を訪ねたことがあるんです。煮付けの作り方とか縫い物を教えてくれるというので」

「そうなの……？」

「なんだか、孫みたいと言ってくれて。きっと、父と母が遠くにいるから、相手をしてくれたんだと思うけれど……そのときは昼間でも、キチンと心張り棒を立ててました。でないと不用心だからって」

「昼間から……心配性だったのかしらね」

「戸締まりが大事なのは、誰か知らない人が急に入ってくるかもしれないし、大事な物を盗られるかもしれないからって」

「大事な物……おれんさんの一番、大事な物が何だったか話したことはない？」

「ないです。女将さんが言うとおり、昔のことはあまり……私も聞いたことはないです。でも歳だし、人生の最後くらいは、穏やかにゆっくり過ごしたいとか、ぽつ

りと話すことはありました」

美咲が伝えると、お峰は頷きながら、

「分かるような気がする。私はまだそんな歳ではないけれど、色々と苦労はしましたから、きっとおれんさんも……」

人に言えない苦労があったのだろうと、援護するように言った。

お峰の夫も小普請組旗本だったが先立たれ、子供もおらず姑とも上手くいってなかったので、家から出ることになった。家は義弟が継ぐことになり、お峰はそれなりの金を貰って、この店を出したという。

「静枝さんとは近所だったので、美咲ちゃんを預かりました。小さい頃から知ってるから、娘も同然。もっとも五十嵐家の方は、静枝さんが娘で、左近さんは婿入りですけどね」

「そうでしたか……では、店に、おれんさんに会いに来る人はいなかったのですね」

「まったく……もちろん、三日に一度とはいえ、三年程いますから、顔馴染みは何人もいますけどね、親しい人は……」

いないとお峰は首を横に振っていたが、

「そういえば、ひとりだけ思い当たる人が……」

いると言った。時々、遊び人風の若い男が来て、「おふくろ、おふくろ」と親しげに呼んでいたという。

「それでも、店で会ってる程度ですから、そこまで親しくはないと思います。あの人はたしか……」

「大吉《だいきち》さんじゃないですか」

すぐに、美咲が答えた。遊び人に見えるが、歴とした竹細工職人で、京橋水谷《みずたに》町《ちょう》の長屋に住んでいるという。

「おや、美咲ちゃん、よく知ってるねえ」

お峰が驚いて顔を見ると、美咲は当たり前のように頷いて、

「なんでも、おれんさんが若い頃に死んだ『弟に似てる』って言ったものだから、なぜか大吉さんの方も喜んで、『姉貴と言える年じゃねえから、おふくろでいいかい』って、この辺りの武家屋敷に竹細工を届けに来たついでとかに、立ち寄ってました」

「――気をつけないと……もしかして、おれんさんじゃなくて、狙いは美咲ちゃん、あなたかもしれないじゃない」

「それはない。だって妻子持ちだんもん」

「いえいえ。そういうのに限って……」

友達から預かっている娘だから、余計に心配なのだ。変な虫が付かないように用心に用心を重ねているのだろう。

「大吉さん……めでたい名前ね……」

錦は腑に落ちない表情になった。なぜか気懸かりなようだった。その顔を見て、お峰が訝しげに訊いた。

「おれんさんは病死なんですよね……殺しではないんですよね……」

「ええ。私はそうだと思っています」

「では、どうして下手人探しのようなことを……」

「そうではありません。縁者を見つけたいんです。でないと、亡骸の引き取り手がなくて無縁仏になってしまいます。それに……」

「それに……？」

「どういう人だったのか、私には気になって仕方がないのです」

「何が気懸かりなのですか……」

「私は何度も人の死に立ち会ってきました。たいていの場合、何処かにその方の人生の欠片が残されているものです。それは物のときもあるし、体に刻まれた病や怪我の痕跡などのときも……でも、何もないなんて……供養するために、どうしても探したいのです。その欠片を」

帯に残されていた商家の家紋のようなものについて、錦は訊いてみたが、むろんお峰たちが知る由もなかった。


錦はその足で、水谷町の大吉という竹細工職人の家まで訪ねた。家といっても長屋の一角で、二間をぶち抜いて借りている。

仕事場にしている部屋は足の踏み場もないほど材料の竹や道具が転がっていて、その片隅で、大柄な男が細い竹ひごを器用に網のように編んでいた。太い指なのに、かなり繊細な動きである。

錦が「ごめん下さい」と声をかけたが、集中しているのか、大吉は一心不乱に目の前の細工から目を離さなかった。

代わりに、隣の部屋の出入り口から、

「なんでしょうか」

と女房らしい女が顔を出した。年の頃は、錦と同じくらいであろうか。まだ一歳くらいの赤ん坊を背負っている。男の子のようで、かなりむず痒いのか、体を揺すっていた。

「ちょっと、お話を伺いたいのですが……」

錦は番所医だと名乗ったが、女房にはピンとこなかったのか、小首を傾げて、

「お医者様ですか……」

「ええ、そうです。『みやこ屋』という茶店で働いていた、おれんさんという方が急に亡くなったんです」

「えっ……！」

吃驚して口をあんぐりと開けた女房を見て、錦の方も意外で驚いた。

「ご存じなのですか」

「あ、いいえ……私は会ったことがないのですが、亭主がおふくろみたいな人だって、

たまに話してたことがあるので……」

女房は、お夏《なつ》と名乗ってから、居室にしている方へ錦を誘った。

大吉は誰か来たと気づいたようだが、仕事熱心な性分なのか、せっせと竹細工作りに没頭していた。

「茶店でも聞きました。おれんさんのことを、おふくろと呼んでいたことを」

「うちの人は、母親とは赤ん坊の頃に生き別れになってるので、余計に親しんでたんだと思います。見てのとおり、あまり愛想もないし、仕事一筋の人なのに、まるで本物の母親みたいだって」

「そんなに親しかったのですか」

「おれんさんはあの店には三年前からいるそうですが、知り合ったのは、そうですね……一年くらい前でしょうか」

「一年……」

「美咲さんって娘がいるんですがね、小普請組のお旗本の娘さんなんです。二親は甲州に行ってて……」

錦は知っているが黙って聞いていた。

「五十嵐様というのですが、亭主の竹細工を気に入ってて、花挿しとか置物とか、魚籠とか色々なものを買って下さるのです。それでお屋敷に出入りしていたものですから、ご当主の左近様直々に、美咲を頼むって」

「美咲を頼む……」

「用心棒代わりですよ。もちろん、屋敷の留守を守っている中間の方も時々、番町の方から出向いてきてますがね。奥様も……」

「奥方様と仲良しだとか」

「あ、ご存じでしたか……なので、うちの亭主も三日にあげず、『みやこ屋』には茶を飲みに立ち寄ってるんです」

　それで、おれんとも顔見知りになったのだが、美咲のことを孫のように可愛がっているから、自分もおふくろだと感じるようになった──ということだと、お夏は話した。だが、それ以上の関わりはなく、一緒に飯を食べるとか、長屋に行き来するようなことは一切ないという。

　やはり、おれんには人との付き合いやふれあいは避けている節があると、錦は感じた。

それでも、大吉にも話を聞いてみたいと思ったときである。いきなり、乱暴な男の声が長屋の外で轟いた。

「うるせえやい！」「知るか、ばかやろ！」「なんだってんだ、このやろ！」

などと叫ぶ声に、お夏はハッとなった。自分の亭主の声だと分かったのだ。思わず立ち上がると赤ん坊が泣き出したが、大吉の方が気になったようだった。そのまま表へ飛び出した。

錦も一緒に飛び出ると、井戸端で大柄な男ふたりが取っ組み合っている。ひとりは大吉だが、相手は嵐山だった。

いつの間に来ていたのか、錦は驚いたが、嵐山も珍しく本気で立ち向かっていた。大人しそうに見えた大吉もかなりの腕っ節で、喧嘩慣れしていそうだった。まったく力負けしていないが、嵐山はやはり元相撲取りだけあって、相手を投げ倒して組み伏した。

「やっぱり疚《やま》しいことがあるんだな。おう！　番屋まで来て貰おうかッ」

抗おうとする大吉の頭を、嵐山はバシッと大きな掌で突きはたいた。

「やめて下さいッ！」

お夏が懸命にふたりの間に割り込もうとしたが、どだい無理な話である。横合いから、錦が顔を近づけ、

「嵐山親分。これはどういうことですか」

と声をかけると、嵐山も驚いた。

「えっ、どうして錦先生が」

「私が立ち会うから、ふたりとも冷静に話を聞かせて下さいな」

「そうはいきやせん。こいつは、おれんさんを殺したかもしれやせんからね」

息が止まるほど驚いたのは、お夏である。だが、錦は淡々と、

「殺しではないと言ったはずですが」

「あっしもそう思いやすがね、佐々木様は佐々木様の考えで探索してやす。それに、あの足跡……こいつのものなんですよ」

嵐山は大吉を組み伏したまま、傍らに落ちていた履き物に目配せをした。

錦はそれを拾い上げたが、たしかに覚えがある足跡の紋様だ。その日のものではないが、おれんの部屋に来る仲である証にはなるかもしれないと、錦も感じていた。

お夏は背中で泣く子をあやすのも忘れて、不安げに見守っていた。

三

一方、甲府では——城下外れにある大泉寺《だいせんじ》にほど近い川辺で、左近が釣りをしていた。暇なわけではないが、江戸では小普請暮らしだった。小普請組とは無役も同然だったので、勤勉に働く癖があまりなかったのかもしれない。

この日も不器用ながら、数尾の鮎や山女魚などを釣り上げていたが、俄に曇り空が広がり、あっという間に大粒の雨が落ちてきた。おまけに風も強い。

たまらず左近は、大きな樹木の下に駆け込んだ。そのとき、石に躓き、魚籠を落として川に流してしまった。

「ああッ……なんだかなあ。やはり俺は生まれながらにしてツキがないか……」

自らを哀れむように、大樹の下で雨宿りをした。手拭いで拭いても無駄なほど、全身がずぶ濡れになっていたので、溜息をついて座り込んだ。枝葉の間からも、かなりの勢いで雨が落ちてくる。見上げていると、無情にもバサッと葉に溜まった水が、顔を目がけて落ちてきた。

「——まったくよう……」

　ふと一方を見やると、土手から先にある高台に大きな寺の屋根が見えた。そこが大泉寺で、元は密教の寺だった。だが、武田信虎《たけだのぶとら》が、長男の信玄《しんげん》が生まれたとき、霊的な夢を見たとかで、曹洞宗に改宗させたという逸話がある。かの戦国屈指の武田信玄ゆかりの寺だが、左近はまだ参拝したことがない。

「雨宿りを頼んでも拒まれるかな……」

　甲府勤番は武田家の復興を抑えるために、甲府を天領にして置かれたような役目である。

——敵視されるかのう……。

　と思ったが、無用な心配であろう。甲斐国の曹洞宗寺院を治める名刹古刹である。もとより通りすがりの下級旗本に雨宿りをさせてくれるわけもなかろう。

　左近は諦めて大樹の真下にとどまり、裏手を見ると、小さな祠がぽつんとあった。粗末な荒《あば》ら家に過ぎない。どうやら無縁仏を祀っているようだったが、木の下よりもマシかもしれぬと、祠に向かって移動した。

「それにしても……風林火山の旗印の下に名だたる武将が打ち揃っていたのは遥か

昔……まさに栄枯盛衰とはこのことか」

ぶつぶつ言いながら、半開きの祠の扉を開けると、中には地蔵すら置いてなく、ただのがらんどうだった。丁度、いい塩梅だと中に入って、台座のようなところに腰掛けた途端——ズトンと床板が崩れ落ちた。

左近はそのままずるずると滑り落ち、背中から洞穴のようなところに仰向けに倒れた。

「な、なんだ……！　罰が当たったか！」

左近は悲痛な声を上げながら、懸命に起き上がろうとしたが、床下が雨のせいか粘土のようになっていて、這い上がることもできなかった。ようやく柱のような木に摑まったとき、脆くなっていたのか、今度はそれが倒れてきた。

「う、うわあッ……」

避けることも適わず、そのまま下敷きになりそうになったが、必死に手を伸ばしたところにあった竹でできた行李を摑んだ。ずるずると必死に足掻きながら出た。

雨宿りのつもりが、とんでもない目に遭った。やはりついてない……と、いじけながら起き上がると、今し方摑んだばかりの行李が割れている。それを押しやろう

としたとき、

――キラリ。

と何かが光った。見やった左近の目が点になって、さらに凝視した。

「えっ……まさか、これは……！」

左近は俄に全身を震わせながら、行李をゆっくりと開けるのだった。

すぐさま、雨の中、城下の拝領屋敷に戻った左近は、玄関に飛び込むなり、

「しし、し、静枝え……！」

と、ひっくり返った声で叫んだ。

夕餉の支度でもしていたのか、お玉を手にしている静枝が、暢気そうに厨房から顔を出し、

「あらまあ……やはり雨に祟られましたか」

「ああ。祟られた。とんでもないものに、祟られてしまった」

泥だらけの姿に驚きながらも、静枝は湯を沸かしている最中だから、すぐに風呂に入りなさいと勧めた。その間に、夕食を作り終えるからと言った。

「そ、それどころではないッ」

左近は後ろに誰かいないか見廻してから、玄関の扉を閉めて、紐で括って背負っていた行李を下ろした。

「お、驚くなよ、静枝……俺にもツキが廻ってきたかもしれぬ」

「どうなさったのです。今日は大漁だったのですか」

そうならば、後で焼き物にすると静枝が言ったが、左近は興奮気味に、

「立派な行李だろ。大吉でも作れそうにない、上物の行李だ」

と言いながら、蓋を開けて見せた。

「なんです……」

中を覗いた静枝は、エッと凍り付いた。

「見ての通り、小判だ。恐らく、信玄公ゆかりの甲州小判……つまりは武田家の隠し財宝。天下のお宝だ……」

「――まさか……」

静枝はお玉を置いて座り込むと、手を差し出して小判に触れてみた。ずっしりと重くてひんやりとしている。

「な……小判だ、間違いない」

「おまえ様……何処でかようなものを盗んできたのですか」

「ばか。人聞きの悪いことを言うな。拾ってきたのだ」

「拾うって……そんな馬鹿な……」

「まことだ。雨宿りに入った古い祠の中にあったのだ。床が崩れ落ちるような荒ら家で、もう何十年、いや何百年も放置されていたような腐った祠だ」

先程の夢のような驚きから少し醒めた態度で、左近は淡々と語った。

「武田家の隠し財宝の噂は昔からあるが、まさか自分が探し当てるとは思わなかった」

「父からも聞いたことはありますが、これ、本物ですか……」

「ああ。驚くのはまだ早い。祠の中には他にもドッサリと同じような行李が何十もあった。すべて確かめた訳ではないが、幾つかには小判がザックザック……持ち帰れるのは、ひとつがやっと。いずれひとつずつ運んでくることにする」

「……」

「これで、もう苦労することはない。江戸に帰って、贅沢に暮らせる。美咲を茶店に預けることなどないのだ」

信じられないと小判を見ている静枝に、左近は声を潜めながらも、

「武田家が滅んだ後、神君家康公は天下統一を成し遂げた。それゆえ、甲州小判は表向きには天下に流布することはなかったから、この小判をそのまま使うことはできないだろう。だから、江戸に帰ってから換金し……」

「ちょっと、お待ちください。さようなことができましょうや」

静枝は話を止めて、正座をし直すと、

「宜しいですか。仮にも、あなたは養子縁組とはいえ、五十嵐家の当主です。五十嵐家は小普請組とはいえ、代々、甲府勤番を担ってきました。かような盗人の真似事など、絶対に認めるわけには参りません」

「盗人……」

「そうではありませんか。理由はともかく、祠にあったものを……」

「待て、静枝……これは俺にとって大漁も大漁、人生初の吉事だ。甲府に来たのも、こうなることを神仏が導いてくれたのだ」

「おまえ様……！」

「あの祠の金をすべて奪おうなどとは思わぬ。それらは御支配役に知らせて、甲府

勘番のために役立てたらいい。だが、ここにある千両ほどの金くらいなら、貰ってもいいだろう。俺が見つけだのだからな」

左近は当たり前だとばかりに言った。

「たしかに俺は、しがない勘定方の同心だった。おまえに出会って旗本の当主になれた。まさに天にも昇る気持ちだった。けれど、やることといえば、勘定方よりつまらぬ」

「……」

「一生、こんな血縁もいない山国で朽ち果てたくはない。おまえと娘と三人で、花のお江戸で暮らしたいのだ」

意気揚々と語っている左近に、静枝は小判を突き出した。

「これは、甲州小判ではありません」

「――えっ……？」

「私は何度も見たことがあります。父が以前、甲府勤番の方から貰って、大事そうにしていましたから」

静枝がキッパリ言うと、左近は信じられないと首を振りながら、

「そう言って諦めさせるつもりだろう。真面目なおまえのことだ。考えていることくらい分かる。だが、俺は……」

「見つけたときは暗くてよく見えなかったのじゃありませんか。ほら、ここに」

差し出した小判の裏には、『丸に山』の紋様が入っている。

「これは、かつて甲府城下に出廻っていた、いわば藩札代わりの甲斐国だけで使える小判です。〝天領金〟とも呼ばれています。でも、中身は銅や錫です。これも父が扱っていたので、私には分かります」

「嘘……」

「本当です。なので左団扇で暮らせるということはありません。もっとも甲府城下ならば、一生贅沢に暮らせるほどの値打ちはあるかもしれませんがね。ここにいても、朽ち果てるようなことはないでしょう」

あまりにも明確に静枝が言うので、左近は信じざるを得なかった。せっかく、びしょ濡れになって、重い思いをして背負ってきた苦労が水の泡になった気分だった。

「そうガッカリするものではありませんよ。昔の藩札代わりのものとはいえ、何かの役に立つかもしれません」

「――そ、そうか……そうだな……」

　儚い夢と終わった武田家の埋蔵金を、左近は座り込んで眺めていた。

「この……『丸に山』というのは……」

「私もハッキリとは知りませんが、たしかこの藩札を造っていた問屋の屋号です。山下丸兵衛《やましたまるへえ》という方が、最初に幕府に命じられて、ここを統治するために造ったとかで」

「それで、丸に山……」

「戦国の世には、領国貨幣を造る金座役人四家というのがあり、それが山下、志村、野中、松木でした。徳川家治世の後は、かの金山奉行の大久保長安《おおくぼながやす》のもと、よく見かけた碁石金《ごいしかね》をはじめ、露金《つゆきん》、太鼓判など色々と造っていました。その四家が後に、〝天領金〟造りを引き継いだそうですよ」

　静枝がそう説明すると、左近は感心して、

「さすが由緒ある旗本の娘、よく知っているな」

「皮肉ですか……」

「いや、本音だ。で、その山下家ってのは城下の何処にある……なに、そこに返してやるのが一番かと思ってな」

「それは確か……もう潰れてます」

「江戸金座の小判を使うから、用なしになったのか」

「いえ、たしか……その店の跡取り息子が、理由は知りませんが、人を殺《あや》めたために、闕所になったのです」

「えっ……⁉　なんだか、縁起の悪いものを持ってきてしまったなあ……頃合いを見て元に戻してくるわい」

左近はスッカリ萎えてしまって、びしょ濡れのまま両肩を落とした。

「甘い夢を見たと思って……さあ、湯に浸かってサッパリして食事にしましょう」

苦笑しながら、静枝はお玉を拾うのだった。

四

竹細工職人の大吉は身柄を捕らえられたものの、小伝馬町送りではなく、大番屋の牢部屋にて吟味が続けられていた。

吟味方与力の立ち会いのもと、佐々木が追及していたのだが、大吉は必死に、

「自分には何も関わりない。殺してなんかいないない」

と訴えていた。

もっとも、佐々木も殺しだと決めつけていたわけではない。錦が心の臓が弱ったための〝自然死〟だと判断したから、無下にするわけにはいかなかった。とはいえ、まったく過去のない女に対して、錦同様、佐々木も気懸かりなことがあった。

「なあ、大吉……おまえが、おれんのことをおふくろだと親しみを感じているのは、どうしてなのだ」

「だから別に親しみなんぞ……ただ、美咲さんが、とても良い人だって言ってるから、そうなんだろうなあって……」

「良い人なあ……」

曖昧な言い草の大吉の肩を、佐々木は軽く叩きながら、

「おれんの長屋に行ったのは、いつのことだ。隠しても無駄だ。足跡が物語ってる」

「……」

「しかも、一度や二度じゃないだろ。長屋の者たちが、おまえの姿を覚えてたんだ。いつも薄暗くなってからだってな」

怪しげな奴だと誰もが言っていたと、佐々木は付け足して、

「行ったよな。おれんの長屋に」

「行ったけど……亡くなる何日も前だ」

「では、何をしに行ったんだ。特に親しみもない婆さんのところによ」

「それは……誘われたからだよ」

「誘われた？　おれんにか。まさか飯に誘われた訳でもあるまい」

「俺のこと、死んだ弟に面影が似てるってよ。体つきもこんなだったらしいし」

「弟……がいたのか」

「ハッキリと言ったわけじゃないけど、そんな話をしてて、いきなり……」

大吉は言葉を飲み込んで、気まずそうに俯いた。

「なんだ。抱きしめられでもしたか」

「そんなんじゃねえよ……弟に似てるからってだけで、金をくれたんだ」

「金……」

「ああ。しかも、小判を一枚」

「小判……？」

佐々木は袖の中から、『丸に山』の印の入った金貨のようなものを見せて、

「もしかして、これか」

と訊くと、大吉はすぐに首を振り、

「いいえ。ちゃんとした、公儀が出している小判でやす」

「そんな大金を、な……どうしてだい」

「ですから、弟に似てるからって……気持ち悪いから断ったけれど、小さな赤ん坊もいるからって手に握らせてくれたんだ」

大吉はそのときの手の感触なども話した。苦労したのであろう、かなりザラザラになっていたと伝えた。

「いつも身に付けている着物や履き物は、安物ばかりだ。ああ、これでも職人だ。物の善し悪しは一目で分かるよ。髪留めの簪だって、何処にでも売ってるものだ。なのに、どうして小判なんか持っているのか気になって……」

小判は庶民が手にできるものではない。小判一枚で四人家族が一月暮らせるほど

の値打ちがある。大工や人足の日当だって文銭《ぶんせん》払いだ。手にするのは、せいぜいが一朱銀で、町人で小判を拝める者は限られている。にも拘わらず、いかにも貧しそうな老婆に近い女が持っているのが、大吉も不思議で仕方がなかったという。

「だから俺は、何度も断った上に、茶店勤めの婆さんが、なんで小判なんか持っているのかって訊いたよ」

「なんと言ってた」

「長年かけて貯めたお金だ。まだまだあるから、遠慮することはないって……」

「まだまだある、か……それで、おまえは盗みに入ったわけか」

「えっ……!?」

大吉は大きな体で跳ね起きるかのように、

「じょ、冗談じゃねえやな。時々、具合が悪そうなときがあったから、俺は様子を見に来てやってただけだ」

「言い訳にしか聞こえないがな」

「どう思おうと俺は何もしちゃいねえ。そこまで言うなら、婆さんの長屋を探してみやがれ。盗まれるようなものがあるかどうか。どう見たって、ド貧乏だ。まだまだあるなんて言ったのは、婆さんが金をくれるための方便だろうぜ。あるなら出してみろ」

やけっぱちになったように大吉は大声を出したが、佐々木は冷静に見ていて、

「──そうだな。キチンと探してみるぜ。だが、もしかして、もうおまえが持ち逃げしてるとも考えられる。それがバレてしまったので、おれんに手を出した……」

「勝手なことをほざくな！」

怒鳴った大吉に、さすがに吟味方与力も注意したが、佐々木はやはり落ち着いた態度で、十手を軽く突きだし、

「本当のことに近づくほど、下手人は抗うものなんだ」

「な、なんだとッ……」

「まあ、いい。折角のおまえの案だ。探してみるとするぜ」

大吉を引き続き牢部屋に引き留めたまま、佐々木は嵐山とともに、今一度、おれんの長屋を検めることにした。

九《く》尺二間《しゃくにけん》の何処にでもある貧乏長屋である。

独り暮らしゆえ、食器棚もなく、着物を置いておく行李と衣桁《いこう》がひとつあるだけだ。出入り口も障子窓も、路地に面してあるだけで、他は壁で囲まれている。夕暮れになると西日も射し込まないので薄暗くなる。

この殺風景極まりない部屋に、年老いた女がひとりでうつ伏せに倒れていた姿は、哀れ以外のなにものでもなかった。

佐々木と嵐山は、天井裏や床下、窓のない壁の外の側溝なども隈なく探してみたが、女の遺留品は特になかった。嵐山は「探すだけ無駄だ」と座り込んだ。

「旦那……もし何かあったとしても、やっぱり大吉が持ち逃げしたかもしれやせんよ」

「そうかもしれぬな」

「こんな所に住んでる婆さんが、長年かけて、一両の金を貯めてたとは考えられなくはねえが、それをポンと赤の他人にやるのは、信じられねえ。奴は嘘をついてるんだ。全部持ち逃げしたんでしょうよ」

「だったら、一両のことも隠しているだろう。そうは思わぬか」

「まあ、そりゃ……」

嵐山は呆れたように佐々木に訊いた。

「――旦那は一体、どっちの考えなんでやすか。大吉が怪しいと思ってるんですか。それとも関わりねえと？」

「俺は何らかの手で、おれんは殺されたと思っていたが、はちきん先生が心の臓の発作で死んだと断定した。長年の疲れによるものだとのことだ」

「あっしも、そう思いやすよ」

「へえ……おまえに検屍ができるのか」

「ンなわけないでしょ。錦先生がそう言うんだから、そうなんですよ」

「ふうん。随分とご執心なことだな」

嫉妬深げな目になる佐々木に、嵐山はどうでもいいという顔で、

「もういいじゃないですか」

「何がだ」

「おれんて女が、この長屋に来る前に、何処でどう暮らしていたかってことなんて、誰にも関わりねえことでしょ」

「……」

「そりゃ人の一生だから、色々なことがあったんでしょうが、たまたま運悪く、この長屋で最期を迎えた。それだけのことです。しかも、人と関わりたくねえ感じだから、もうそっとしておいてやりやしょうや」

それが仏に対する礼節だとも、嵐山は付け加えた。

町方同心や岡っ引きは、死体が仇討ちをしてくれと叫んでいるならば、必死に下手人を探すが、おれんの場合は本当にただの〝自然死〟だ。だから、終いにしようと言った。

「だがよ、ポックリ逝ったと断定した錦先生が、妙に拘ってるのではないか。おれんという女のことに」

佐々木が言ったとき、「そうですよ」と声があって錦が入ってきた。

「分かりましたか」

「何が……」

「帯の間に入れられていた小判のようなものですよ」

「いや、サッパリ分からん」

と袖の中から取り出すと、調べても無駄だとばかりに錦に放り投げた。

「そうですか。これだけが、おれんさんの身許を探すための繋がりだと思ったんですけれどねえ」

「もう、いいじゃねえか。嵐山が言ってたが、ここに住んでた女は……」

言いかけた佐々木を受け流すように、

「長屋にも、大吉さんに渡した一両の手がかりは、何もなかったんですね。ああ、大番屋で与力様に聞いてきました」

「ないな、何も」

「壺はありませんでしたか」

「なに、壺……？　水瓶なら、そこにあるが、中はただの水だ」

「おかしいですねえ。大家さんに聞いてきたのですが、引っ越してきたときは、これくらいの茶褐色の壺を運んだらしいですよ」

と一尺ほどの大きさの茶壺だと言った。

「そんな大きな物なら目立つはずだが、天井裏にも床下にも……」

佐々木と嵐山は首を横に振った。

「水瓶をどけて見て下さいませんか」

「だから、これはただの水……えっ。まさか、この下に隠してるとでも？」

「かもしれません。茶褐色というのは、泥が染みていただけで、元の色は違うかも。ここに来る前も、埋めていたのかもしれませんしね」

嵐山が怪力に任せて、大きな水瓶を横にずらすと、その下はただの土間だった。

だが、丸い水瓶の痕の真ん中に、小さな丸い痕もある。すぐに嵐山が傍らに置きっぱなしにされていた鎌で穿《ほじ》ると、茶壺の丸い口が見えた。

「あっ……！」

さらに掘り出すと、たしかに泥だらけの茶壺が現れた。しかも、ズッシリと重い。丁寧に蓋をして結わえられている縄を切り放すと、壺の中には——小判や二朱銀などがごっそりと入っていた。

五

それから、十日余りが経った。

大吉は茶壺の金が見つかってすぐに、おれんから小判を貰ったことが証明され、

〝無実〟で解き放たれていた。その死とも関わりないとされたものの、大吉がまだ「何かを隠している」様子はあった。

茶壺の中には、およそ百五十両もの金が入っていた。底には、古い封印小判がふたつもあり、到底、貧乏な独り暮らしの女が貯められる額ではなかった。ゆえに、ますます、

――謎めいた老女だ。

という噂が流れた。もしかしたら大店の娘だったのではないか、盗賊の一味の女だったのではないか、騙りや強請りを生業にしていたのではないか、などと長屋の住人のみならず、世間中で噂された。瓦版などでも面白おかしく書かれたからである。

佐々木と嵐山は、茶壺に残されていたわずかな痕跡を手がかりに、持ち主の老女の素性を調べようとした。

だが、殺しでも盗みでもないから、町奉行からは止められ、永尋書留役《ながたずねかきとめやく》に移された。この役職は未解決事件を扱うため、本来の業務ではないが、無縁仏になった場合は処分を担うことになっている。茶壺の金は一旦、永尋書留役に預けられた。

封印小判には、ある両替商の封印がされていた。江戸は神田須田町にある『甲州屋』という屋号だった。

これについては、すでに嵐山が調べてきたことだが、かなり昔のもので、今は使っていない封印包みだということが分かった。それでも、『甲州屋』のものであることは確かで、おれんという女に覚えはないかと、今の主人や番頭に尋ねたが、ないとのことだった。

その話を聞いた錦は、永尋書留役にて、改めて封印小判や二朱銀などを検分してみたが、あちこちで集めた金に過ぎないと思われた。ところが、役人の立ち会いのもとで、封印を解いてみると、包み紙の裏に、

——御祝儀。

という文字が記されてあった。

「これは、どういう意味なのかしら……祝儀ならば、表に記されてもよいと思うのだけれども……不祝儀に使ったのかしら」

疑問を抱いた錦だが、佐々木たち同心たちには分からなかった。

錦が直に『甲州屋』に尋ねたが、当代の主人もよく分からないとのことだった。

だが、古株の番頭は、

「聞いたことがあるだけですがね、昔は、遊女などの身請け金には、逆さ封印といって、封印袋を裏表逆にして、祝儀という文字も見せないようにして渡すことがあったそうです」

「えっ。そうなのですか……？」

「昔の話ですよ。吉原でも深川でも、今時、そんなことをしている見世も両替商もないでしょう」

「ということは、これは遊女の身請け金ということですか」

「かもしれないということです」

「では、おれんさんは元……でも、遊女が持っているはずはありませんよね。身請け金なら妓楼《ぎろう》が受け取るはずですから」

「そうとも限りませんよ。引き受けた旦那が家に連れ帰らない場合、別宅などで当面の暮らし分の金を与えることもありますから」

「もしかしたら……」

錦は昔の帳簿などを調べてくれないかと頼んだが、

「記載していないと思います。そういうお金なら尚更のこと……」

と番頭は言った。

さもありなんと錦がガッカリしたとき、「ごめん下さいまし」と風格のある武家女が、暖簾を割って入ってきた。

五十嵐左近の奥方である静枝である。

静枝は店に一歩踏み込んだとき、錦を見て少し立ち止まった。女からしても、あまりに美しいので、目を見張ったのである。

「これは、静枝様。江戸にお戻りでしたか……ささ、こちらへ」

番頭が声をかけると、帳場にいた主人も近づいてきて、下にも置かぬ態度で、奥座敷に来て下さいと誘った。

だが、静枝は「すぐに戻らなければならない」と言ってから、急ぐように懐の財布から小判のようなものを取り出し、

「これです……本物ですか、偽物ですか」

と、いきなり調べてくれと言った。

それは——錦がおれんの帯から抜き取ったものと同じ『丸に山』の刻印が入った

例の金貨であった。

　錦は思わず静枝に身を寄せながら、

「それは何処から……」

と訊いた。

　不審に感じた静枝に、主人は丁寧に、

「この御方は八田錦様で、北町奉行所に出入りしている〝番所医〟さんです」

「お医者様……」

「しかも、それと同じ物を見て欲しいと、先程、封印小判と一緒に、これを」

「えっ。どうして、この藩札を……!?」

　とっさに訊き返した静枝に、錦の方が吃驚して、差し出されたものを手にした。

　不思議がるよりも、おれんに引き合わせられた感覚に、錦は畏れすら抱いた。常に冷静沈着で、道理に適わぬことは信じない錦が、思いがけない奇遇を喜んだ。

「藩札……なのですか、これは」

　錦が訊くと、静枝は「藩札のようなもの」だと説明をした。すると、主人が補足するように話した。

「もう大昔、享保年間、甲斐国を天領に組み込んだとき、甲州小判はぜんぶ回収され、江戸小判に切り替わりました。その折には、もちろん金座が造り直したのですが、うちの先祖も関わったそうです」

「そうなのですか……」

「ええ。そして、この御方は、甲府勤番士の五十嵐様の奥方様なのです」

錦と静枝がお互い頭を下げると、

「その後、甲斐国や甲州だけで使える〝天領札〟が造られたのです。〝天領金〟とも……それがこの『丸に山』です。今から、八田先生にお伝えしようとしていたところなんです」

と主人は説明した。

「うちの封印小判といい、〝天領金〟といい、まさに縁ですな」

主人がしみじみ言うのを、錦と静枝は顔を見合わせながら聞いていた。

北町奉行所に静枝を連れてきた錦は、桔梗の間にて、遠山左衛門尉に面会させた。

実は、この〝天領金〟として使っていた『丸に山』が本物かどうかを、昔から付き合いのある両替商『甲州屋』に確かめさせたところ、本物であることが分かった。

ところが、この〝天領金〟はいわゆる甲斐金とか甲州金で造られている。元々あった甲州小判を鋳直したり、新たに造ったりしたが、その過程でそれらの一部を不正に、甲府勤番が着服しているとの噂がかねがねあった。

また、静枝の父親は清廉実直な気質だったのか、いわゆる埋蔵金などを見つけた折は、支配役の甲州勤番に届けていたが、それが政に使われたという話はついぞ聞かなかったという。

「――おそらくすべて、支配役か甲州勤番の方々が着腹していたものと思われます」

静枝が真剣なまなざしで訴えると、遠山は意外な目つきで、

「八田錦のたっての頼みというから聞いたが……何故に、その話を」

と訊いた。むろん、五十嵐家と深い付き合いがあるわけではないが、旗本の娘であることは承知のことである。

「遠山様は町奉行の職にある大身の旗本でございます。しかも、評定所での重い詮

議も担っておいでです。甲州勤番で山手支配の小笠原忠長《おがさわらただなが》様を、お取り調べ願えないかと思いまして、無理を承知で伺いました」

「小笠原殿を……」

当然知っている大身旗本である。わずかばかり面倒そうな顔色になった遠山を、傍らから錦も窺っていた。

「仮に甲州で何らかの不正があったとしても、町奉行の立場では探索することなどできぬ。老中や目付に進言することくらいならできるが、証拠でもない限り無理だ」

「証拠は……この〝天領金〟でございます」

「どういうことだ」

「たまさか、私の主人・左近が釣りの途中、ある所から、〝天領金〟を見つけました。古い祠の床下だったのですが、これが詰め込まれた竹行李が何十個もあるそうです」

「甲州勤番支配役の小笠原殿に届け出たのか」

「いいえ」

「何故、知らせていないのだ」

遠山が理由を訊いたが、静枝は述べたいことがあると前置きして、

「――主人はその一部を自分のものにしようとしましたが……私は大した価値のない物だと話しました。盗んだりしたら、主人は切腹ものです。五十嵐家もお取り潰しになるでしょう」

と言った。

夫を慮って、静枝はとっさに嘘をついたのである。それを聞いて、夫は盗むのを諦めた。夫を大切にする態度を、錦は感心しながら聞いていた。

「幸い、主人は値打ちのないものだと思い込みましたが……調べてみれば〝天領金〟としては本物です」

「……」

「ですが、私は不思議に思いました。この刻印の〝天領金〟はもう四十年程前に、始末されているはずなのです。『丸に山』は、山下家の紋様ですが、山下家は四十年前に闕所になっているのです」

「闕所……取り潰された上に私財没収か。何故に」

「虎太郎《こたろう》という跡取り息子が、人を殺したからです」

「殺し……」

「理由は定かではありませんが、私の祖父の日誌では、元々、粗暴な人らしく、酒の席で喧嘩になって相手を殴り殺したらしいのです」

「それで闕所か……」

「はい。虎太郎は当然、死罪になり、その後、一家は離散……何処で何をしているかは一切分かりません」

静枝はそう言ってから、チラリと錦を見た。同じ〝天領金〟を持っていた老女が、山下家の縁者であろうことは想像に難くない。だが、この場ではそれには触れず、静枝は遠山に向かって続けた。

「後始末には祖父が立ち会い、まだ若かった私の亡き父も一緒に事後処理をしましたが、その際、〝天領金〟は、時の甲府勤番支配役にすべて届けております。それが……」

「此度、そこもとの主人が見つけたものだというのか」

「はい。おそらく、甲府勤番が隠していたのだと思います。しかも、今の支配役・

小笠原様も承知しており、それを密かに使っていた節があるのです」

「どうして、そこまで分かるのだ」

「これも二十年近く前になりますが、私の父は行方が分からなくなっている『丸に山』の金貨のことで、小笠原様を責め立てたことがあります。代々、甲府勤番支配役は莫大な金貨を隠し持っているのではないかと」

「……」

「ですが、ただの噂だと一蹴にされました。それでも、父は色々と言上し続けました」

「何故に……」

「そもそも、虎太郎が殺した相手というのは、ただの旅人で喧嘩の理由も分からない。その喧嘩自体が、山下家を潰すための罠だったのではないか……そんな噂まであったのです」

「噂……」

「はい。ただの噂で真相は分かりません。ただ、〝天領金〟がゴッソリなくなったのは事実なのでございます。ですから、私の父はしつこいくらい訴えました。ですが、流行病も重なって、父は亡くなりました……」

静枝は五十嵐家の来歴とともに、歴代の甲府勤番の不正、就中《なかんずく》、小笠原忠長のことを批判をこめて伝えた。

遠山も、甲府勤番に関する悪い噂は耳にしていた。かつて、甲府城御金蔵破りの事件があった折には、勤番士配下の与力や同心らの怠慢や偽証などで追放などの処罰があった。郡内には幾つもの一揆騒動などもあり、甲府勤番とともに甲府や石和《いさわ》の代官が罷免されたりもした。

それほど遠国で箍《たが》が緩むのは、江戸在住の旗本や御家人からすれば、島流しならぬ〝山流し〟と揶揄されるほど、悲惨な人事だったからである。

とはいえ、本来、公儀に没収させるべき〝天領金〟を、法を守るべき立場の甲府勤番が着服していたとしたら、公儀にとっても一大事だ。遠山は、

「しかと承った。いずれ善処するよう、幕閣に働きかける」

と静枝に約束をした。

錦にとって話は意外な不正へと移ったが、静枝との出会いによって、何かがゆっくり溶解してきたような気がしていた。

六

老中首座・水野忠邦の屋敷に、遠山が突然、訪れたのは、その夜のことだった。手には数枚の〝天領金〟を手にしている。

水野が気に入っている町奉行は、南町の鳥居耀蔵《とりいようぞう》の方である。官位の甲斐守と合わせて、〝ようかい〟と渾名されるほど辛辣な政をしていた。大学頭《だいがくのかみ》を務めた幕府儒者である林述斎《はやしじゅつさい》の実子であり、十一代将軍家斉《いえなり》の側近でもあったことから、幕閣から一目置かれていた。

それを承知で、遠山は同じ町奉行であるのに相談もせずに、水野に直談判をした。

「ご覧のとおり、〝天領金〟が隠されており、小笠原殿が着服している疑いがあります。早々に幕閣にお諮り下さり、善処されるよう望みます」

堂々と訴え出てきた遠山に、水野はいつもの冷静な落ち着いた態度で、

「証でもあるのか。同じ旗本同士、密告とは穏やかではないな」

と疑念を否定するかのように言った。

「町奉行の裁量外ですので、水野様にご相談申し上げているのです」

「鳥居には話したか」

「いいえ。甲斐守というくらいですから、〝甲州金〟に関わっているかと……冗談です。ですが、かつては目付であり、勘定奉行も兼任しておいでです。〝甲州金〟や〝天領金〟のことには熟知しているはず。にも拘わらず、これまで甲府勤番の不正については一切、申し出てきたことはありません」

「不正などないからであろう」

「あるのです」

キッパリと断言した遠山を、水野はかすかだが、忌々しげな目で見やった。

「実は……甲府勤番士を引き継いでいる五十嵐家には、代々、日誌が残されております。今の当主は婿ですが、静枝殿という先代の娘が持っております。その一部を、江戸屋敷からわざわざ持参してくれました」

「そこには、なんと……？」

気懸かりそうな水野に、遠山は静枝から聞いた先代の話を伝えた。

「ですが、山下家の〝天領金〟のことなど、誰も取り上げてくれなかった。それが四十年程経っても、まだ隠し金として残されていたことに、水野様は驚きませぬか」

「実物を見ないとなんともな……」

「直ちに、小笠原を呼び戻して問い質せば済む話です。その上で、分かっている〝天領金〟をすべて幕府に返すよう命じる。それが、水野様にできることだと思いますが」

「――さような話、急に言われてもな……」

まったく乗り気ではない水野は、仕方がないというふうに遠山に言った。だが、遠山は意に介さずとばかりに、

「静枝殿のお父上は二十年程前に、病で亡くなっているのですが、四十年前の山下家の改易にも立ち会っています。不審な点が幾つかあるそうです。静枝殿は屋敷に残されている日誌などを精査して、改めて私に申し出てくれることになっております」

「……」

「その日誌の中には、やはり色々な甲府勤番はもとより、時の老中や勘定奉行らの

名もチラホラ出ているとのこと……水野様とはまったく関わりはありませんが、もしそれが今に繋がっているとなれば、事情が変わってきましょう」

「何がどう変わるのだ……」

「今も〝天領金〟が何処かで換金されて、幕閣に流れでもしていたら、どうなります」

遠山は水野を睨み上げて断定した。

「そうなる前に対処することが、幕府のためになると存じます」

「――いや、〝天領金〟なら、山下家以外にも今でも造っているところがある」

「承知しております。松木家が最も多く造っておりますが、問題はそこではありません。改易になって没収しているはずの、何万両もに該当する金が行方不明ということです。その一部が見つかったのですぞ。まったく気にならないのですかッ」

あまりに強い遠山の口調に、水野は押し黙ってしまった。

「かようなことは言いたくありませぬが、鳥居殿は奸計《かんけい》を弄して、先の南町奉行・矢部《やべ》定謙《さだのり》殿を失脚させました。その後釜に座ったのは、鳥居殿ご自身です。庶民には、水野様の御改革を厳しくしているのに、役人には大甘ですか」

「……」

「鳥居殿と小笠原殿が長年、昵懇であることと合わせると、消えた〝天領金〟がどうなったか……想像がつくと思うのですが」

遠山はまるで脅迫でもするような物言いだった。水野は目を閉じて、じっと黙っていたが、静かに頷くと、

「――相分かった……心しておく」

それだけ言って、自分は奥座敷に逃げるように立ち去るのだった。

水野がどう動くか分からぬが、釘だけは刺すことができて、遠山としては次なる不正が生まれないことを期待していた。


静枝は、茶店で働いている美咲を連れて、甲府まで帰ろうとしたが、美咲は江戸を離れるのは嫌だと駄々っ子のように言った。

戸惑ったのは静枝の方だった。確かに小さい頃から、自立心の旺盛な娘だったが、二親が遠く甲州に離れているので、てっきり寂しがっていると思っていたのに、静枝にしてみれば肩透かしを食らって、寂しい思いだった。

「どうして？　もしかして、好きな人でもできたのですか」

「そんなんじゃ、ありません。母上ったら、いつもズケズケものを言うのですから。だから、父上も頭が上がらないのですよ」

「あら、父上の味方なの？」

「敵とか味方とかの話じゃなくて……そんなことより、私はこの『みやこ屋』が気に入っているんです。女将さんも大好き。来るお客さんたちも、みんな親切で」

「でもねえ、あなたはいずれ五十嵐家を継ぐために、婿を取る身なんですからね。変な噂が立っちゃ困りますよ」

心配している親心とは分かっているが、年頃の娘からしたら、小うるさい説教にしか聞こえない。そんな様子を見ていた女将のお峰が、ニコニコしながら近づいてきて、団子と茶を静枝の前に置き、

「あなた、お母様と同じことを言っているよ。散々、逆らってたくせに」

「お峰さん……娘の前ですよ」

「だって本当じゃない。見た目はおっとりして優しいけれどね、なんというか気性が激しいのね。だから、悪いことをしている奴を見ると、エイヤア！って得意の柔

術でね」

「それはお峰さんの方でしょ。何度、私に言い寄ってくる男衆を投げ飛ばしてくれたことか。だから悪い虫は付かなかった」

「あら、もてたと自慢してるの、娘の前で？　あはは」

久しぶりに会った女同士の友達に、静枝もお峰も屈託のない笑い声で話した。その顔が、少しだけ曇って、

「ねえ、お峰さん。八田錦先生に聞いたんだけれど、おれんさんのことをちょっと……」

どういう人だったか知りたいと訊いた。すると、美咲の方が答えた。自分のことを孫のように可愛がってくれていたと。

「孫のように……うちとは親戚でもなんでもないけれど、もしかしたら……」

「もしかしたら……？」

美咲はあどけない顔を向けた。

「お祖父様とお父様は知っている人かもしれない……と思ってね」

「えっ、どういうこと……」

静枝はかいつまんで、五十嵐家と甲州の山下家の関わりについて話し、かつて〝天領金〟を造っていた家の人かもしれないと言った。闕所の後、一家離散になったが、奉公人たちも当然、別れ別れになった。

だからこそ、おれんは『丸に山』を後生大事に持っていたのかもしれない。静枝はそう考えていた。

「――もしかしたら……」

美咲は思い当たることがあると言った。

「甲州の人ですね。だって、私の父が甲州勤番士で、母と一緒に甲府に行っていると話したとき、なんだか表情が変わったような気がしたんです」

「それで……」

「何も言わなかったし、私もそれ以上は話さなかったけれど、甲州のことを知っているのかなあとは感じました」

曖昧な言い草だが、そう美咲が話すと、お峰も俄に頷きながら、

「そういえば、美咲ちゃんの家のことを訊かれたことがある。そのとき、五十嵐と教えたら、なんだか懐かしそうに微笑んでた……やはり甲府にいたんじゃ……」

と話した。

そのとき、ぶらりとやってきた大吉が、竹細工の花籠を店の表に置いてから、

「――美咲さん……」

と深刻そうな顔で近づいてきた。すぐに静枝がいるのに気づいて、

「おや。奥方様も来てらっしゃいましたか」

「大吉さん、色々と迷惑をかけてしまったようだねえ」

「とんでもありやせん。日頃の行いが悪いからです。でも、美咲さんのことは、ずっと見守ってましたから、へえ」

大きな体ながら腰を深く屈めて、大吉は懐から、一両小判と封印された文を取り出して、美咲に差し出した。

「亡くなったおれんさんから、預かったものです」

一両小判と封書を受け取った美咲は、神妙な顔で開けてみた。わずか数行だが、綺麗な女文字でしたためられている。

『美咲さん。いつもありがとうございます。

あなたの明るい笑顔と可愛らしい声を聞いていると、本当に孫娘のような気がし

ます。

私には縁者は誰ひとりおりません。なので、私が死んだら、長屋の水桶の下に埋めてある茶壺を貰って下さい。どうか、宜しくお願い致しますね。いつまでもお元気で。篠《しの》』

文の内容は、まさに遺言のようだった。しかも、死期を察していたかのような言い廻しである。読んだ美咲は、ハッと打たれたような感じがして、そのまま静枝に見せた。

「——茶壺……？」

「あっしも、手紙の中身は今、知りました。たしかに、おれんさんの長屋から、茶壺が見つかった。その中には大金が入っていると、町方の旦那に聞きました」

「えっ……」

驚く静枝に、大吉は続けた。

「その茶壺は、北町奉行所に預けられているはずです」

「北町奉行所……」

昨日、訪ねたばかりの遠山の顔を、静枝は思い浮かべた。

「おれんさんは本当は、甲州は山下屋という金座みたいな大店の娘さんだったそうですよ……本当の名はお篠さん」

そう大吉が話したとき、静枝は何となく腑に落ちたような顔になった。

すると、そこへ――錦が店の奥から、ゆっくりと出てきた。

「やはり、そうだったのですね……大吉さん。あなたは、ずっと知っていたのですね」

真剣な顔で錦が声をかけると、大吉もようやく肩の荷が下りたように、ほっとした顔になって深々と頭を下げた。

七

数日後、錦は三日に一度の〝堅固伺い〟のために、今日も北町奉行所内、年番方詰所の奥に陣取り、順番待ちで並ぶ与力や同心を前に座っていた。

この風景にはすっかり慣れたはずだが、年番方筆頭与力の井上多聞は、いつになく物珍しそうに眺めていた。

「先生……相変わらずの人気ですな……」

「ただ待ってくれているだけですよ」

「いやいや。それがね、今日はご覧なさい。外廻りと内勤に分かれておらず、年番方はもとより、本所方、吟味方、高積《たかづみ》見廻り方、例繰《れいくり》方、町会所掛、市中取締諸色調掛、当番方などが、色々な話を運んできてますぞ」

「色々な話……?」

錦は視診や触診をしながら、井上の声は聞いていた。

「さよう。色々な話……先生が亡くなったおれんという女のことを、密かに調べていたのを、みんな知ってたんですよ」

「密かに調べていたわけではないです」

「ああ、分かってます。とにかく、おれんというのは偽名で、お篠ということが分かった。しかも、代々、〝天領金〟を造っていた金座役人・山下家の縁者と分かった途端、あちこちから様々な話を拾うことができたのです」

「……」

「そりゃ、錦先生のためならと必死で」

恩着せがましく言う井上に、錦は感謝をするどころか、心配ご無用と伝えた。

「大吉という人が、すべて話してくれました。おそらく、それがおれん……いえ、お篠さんの人生だったのでしょう」

錦は井上を突き放すように言った。

実は――。

大吉は、おれんこと、お篠から、一両を預かったとき、美咲に渡して貰いたい手紙も渡されていた。だが、それを公にできないのには、ささやかな訳があった。

自分の過去を訥々《とつとつ》と語り始めたお篠のことを、大吉はそのまま伝えた。

『私は、おれんじゃなくて……本当の名は、お篠というんです。私の人生は、ずっと隠れん坊をしているようなものだったので、もじって、おれんって名乗ってました』

お篠は、大吉に素性をすべて明かしたわけではないが、こういうことがあったと順番に話したという。

『ある大店の娘だったんだけど、弟が跡継ぎだから、私は嫁に行くことになっていた。祝言も決まって、その何日か前に……弟がちょっとしたことで、つまらない喧嘩をしてしまって……相手が死んでしまった』

大吉はその話を聞いて、思わず身の毛がよだった。人殺しの姉を前にしているから、当然かもしれない。が、それよりも、弟に似ているといつも言われていたので、余計、気味が悪かった。だが、お篠の方は大吉の気持ちを推し量るようなことはなく、

『殺すつもりはなくても、たった一発殴っただけで、相手は死んでしまった……だから、弟はお役人に捕まって処刑され、うちの店は潰れてしまった……そのとき、弟がやらかしたことと同時に、自分たちがどうなるのかと心配になったんだ』

親兄弟は連座することはない。しかし、案の定、世間の目は冷たくなる。それも当たり前であろう。弟が殺した相手は行商だったのだが、国元には妻子がいたという。

『丁度、大吉さんのように、まだ生まれたばかりの赤ん坊がいたらしいんだ……私は残された女房のことが可哀想で……弟のことをつくづく恨んだよ……そりゃ相手だって酒の勢いで喧嘩を吹っかけてきたんだろう。でも、ほんの一瞬のことなんだ。ちょっと我慢すればやり過ごせたはずなんだ……でも、ほんの少しの間違いで、ま

だまだ若い……十六の弟は命を奪われ、私たちも……』

　お篠は二親と一緒に信州の遠縁を頼ったが、人殺しの噂はずっと影のように追いかけてくる。誰かが一々、話すわけではないだろうが、いつしか移り住む先々で、噂が広がる。

『そんな暮らしに堪えられず、私は二親から離れ、もう誰とも会わずに生きようと決心したんだ。父親も母親もすっかり気持ちも体も衰弱していたけれど、助け合うなんて心も失われていた……だから、その後、どうなったかも私は知らない……私は私、ひとりで生きていくので精一杯だったんだよ』

　小さな町や村では余所者は目立つ。だから、大きな城下町を転々として暮らした。なるべく人と会わない織物などの手仕事から、旅籠の下働きまでしてきたけれど、なぜか悪い噂が風のように飛んできて、追いやられる始末になった。

『名前を偽り、かなり痩せて風貌も変わったのに、縁もゆかりもない土地に行っても、いつも同じことの繰り返し……そのうち、自分から一年か二年経てば、引っ越す癖がついてしまった……噂になる前に消えてしまうんだ。本当にこの世から消えてしまいたいときもあったよ』

大吉は、そんな暮らしをして辛くなかったのかと訊いたが、だんだん慣れて、逆に楽になってきたという。

『そんな暮らしが十年、二十年と続くうちに、さすがに誰も昔のことなんか訊かなくなる。若い頃は、さぞや何かあったのだろうと近寄ってくる男もいたが、薹が立ち、すっかり年増になってしまうと、ただの風景になってしまうんだ。あはは』

自嘲気味に笑ったお篠は、しだいに自分は何者でもない――という感じになってきたという。誰とも親しくしないと決めて暮らしていたから、周りにいた人もなんとなくそう察してくれたのだろう。

『そのうち、誰からも関心を持たれない人間になってきた……そしたら、本当に心の底から安堵したよ』

大吉にはその気持ちがサッパリ分からなかった。自分は職人として腕を磨き、よりよい竹細工を作って人に喜ばれたい。どんな仕事でも、人は誰でもそう思って生きているのではないか。いや、それこそが生き甲斐ではないのかと、お篠に言った。

『生き甲斐がない、というのが生き甲斐だったのかもしれないねえ』

そう呟いたという。だが、それでも少しずつお金を貯めていたのは、身動きできなくなったときのためだと、お篠は話した。

『妙な話だ。生き甲斐はなくても、生きたいんだねえ、人というものは……』

ひとりで寂しくなかったのかと、大吉が尋ねても、

『全然……ひとりでも、綺麗な星空を見たり、季節の草花を眺めたり、美味しいものを食べたりしたら喜びを感じるよ……ああ、大吉さんの言いたいことは分かるよ……喜びを分かち合う人がいないと、幸せじゃないんじゃないのかって、尋ねたいんだね』

と答えるだけだった。

『亭主も持たず子も作らず、ずっと、ひとりで生きてくるしかなかった……でもね、人生の最後の一年で、もっとも大切な人たちと過ごせた……そんな気がするよ』

どうして死期を悟ったのかは分からないが、天真爛漫な美咲のことが気に入って、自分に孫がいたら、これくらいだと思った。そして、大吉と出会った。

『あんたを見たとき、本当に弟に似てると思ったよ。憎たらしい弟にね……処刑になったのは、十六の頃だけれど、三十になったら、こんな感じかなと勝手に思ってさ……生きてりゃもう六十近いのにさあ。あはは』

一方的に、お篠は言ってから、手紙を大吉に手渡した。
『私が死んだら……これを美咲さんに渡しておくれ。どうせ、誰もいないから……
五十嵐さんにはその節、お世話になったしさ』
大吉は、五十嵐という名を聞いて、どういうことかと訊いたが、それについても
お篠は何も話さなかった。ただ、
『でもさ、文を渡すのは、死んで四十九日が過ぎてからにしておくれ……だって成
仏できずに生き返ってきたら、一文なしじゃ困るからさ。あはは』
だから、大吉は、お篠との約束を守ろうとした。だが、事態が変わってきたから、
預かった文を渡すことにしたという。
一連の顚末を聞いてから——井上はしみじみと感じ入って、
「笑い話みたいに言うけれど、お篠って女は、かなり図太い女だな。いや、力強い
女と言った方がよかろうか」
と呟くように言った。
「先生に、そんなことできますかねえ」
「さあ、せざるを得なかったら、するかもしれない。でも私は、きっとひとりでは

生きていけない気がする」

錦は本音を言って頷いたが、お篠の気持ちも推察することはできた。

「井上さん……私は、お篠さんを検屍したときから、ずっと感じていたことがあるんですよ。きっと女にしか分からないことが」

体がかなり衰弱していたのは、長年の苦労が祟ったものだと思われた。ずっと誰かに監視されているのではないか、自分で自分を責めることもある心の状態が、心の臓や腎、肝や腸を傷めることもある。

「町方与力や同心の皆さんのように堅牢な体でも、毎日、過酷な務めをしていて、心が乱れれば途端に体に出てきます。それが、か弱い女の身で、何十年も続いているのですからね」

手は荒れ放題だし、体の肌も乾燥気味なのは滋養が足りないからだ。髪の毛も白いものがかなり混じっているし、顔の皺も歳が還暦過ぎにしては多過ぎる。眼下の窪みや瞳孔の濁り、体の骨全体が圧迫されたように縮み、脆くなっているため、足腰が意外に強い割には、少し背中が丸い。

いつも笑うということをしていないせいか、顔の筋も強ばったままだから、表情も乏しかったと思われる。妊娠や出産をしていない様子だから、女として生まれた喜びも薄いかもしれない。

「しかし、自分が何者かバラさなくても、本気で惚れた男のひとりやふたりはいると思うんですよね」

「先生にもそういう人が……？」

「私のことはいいです。お篠さんは、まさに生きている痕跡を残さないように生きていた……こんな人生ってありますか」

錦は辛くて涙が出そうになってきた。

「野に咲く小さな花でも、私はここにいるとばかりに華やいでる。なのに、きっと素晴らしい女《ひと》だったはずなのに、ずっと他人の目から見えないところで生きてきた。生きている意味すら消してきた。それが辛いんです」

「ですよねえ」

井上は何が可笑しいのか、少しだけ微笑んで、

「だから、奉行所の者たちが先生のために、色々と調べてきたんじゃないですか」

「えっ……」

「言ったでしょ。先生に〝堅固〟の話だけではなく、色々と話したくて、みんな懸命に調べてきたんです」

「……」

「甲府の山下家のお篠と分かれば、奉行所は探索の玄人ですからね。それこそ山のように調べ出してきました。それを、みんなは先生に話したくて、ウズウズしているのです」

　井上の言い分を後押しするように、並んでいる与力や同心たちが、今か今かと待ち続けている。錦の前に来ると、それぞれの職制に応じて調べたことを、自慢げに滔々と語った。そのひとつひとつを重箱のように積み重ねていくと、目立たないなりに生き生きとしていたお篠の姿が少しずつ浮かんできた。

　ある与力は残された小判や二朱銀から、ある同心は着物や下駄から、別の同心は働いていたであろう店や旅籠から、あるいは遠くから取り寄せた書類から、まるで塵のような痕跡から、お篠という女を形作っていくのだった。

　封印小判を誰に貰ったかも、およそ見当がついた。かなり昔に、深川辺りで、ちょっとした人気の遊女に、おれんというのがいて、身請け金を渡されたとのことだ。

だが、その後のことは分からない。

そんな中に、もう二十年近く前に、深川の一膳飯屋で働いていた、お篠という女がいたことが分かった。そこでは、おれんではなく、本名を名乗っていた。

当時の主人は、惣助《そうすけ》という料理人で、お篠は女房のように一緒に働いていた。互いに四十の坂を越えていたが、お互い気に入ったのか、数年、共に暮らしていた。

だが、惣助の方が病で死んでしまい、葬式を出した後、お篠は飄然《ひょうぜん》といなくなった。

当時のことを知る者は少ないが、お篠の風貌と似ている。それが、本当にお篠かどうかは分からないが、その店には『山に丸』がひとつだけ残っていたという。

お篠にとっては、〝天領金〟だけが唯一の、自分である証だったのかもしれない。

与力や同心の仕入れてきた話を聞きながら、錦は、儚いけれども長かった女の一生を垣間見るのだった。そして、心の奥では、幸せを嚙みしめていたと信じたかった。

番所医《ばんしょい》はちきん先生《せんせい》 休診録《きゅうしんろく》六

罠《わな》の恋文《こいぶみ》

井川香四郎《いかわこうしろう》

令和5年12月10日　初版発行

発行人――石原正康
編集人――高部真人
発行所――株式会社幻冬舎
〒151-0051東京都渋谷区千駄ヶ谷4-9-7
電話　03(5411)6222(営業)
　　　03(5411)6211(編集)
公式HP　https://www.gentosha.co.jp/
印刷・製本―中央精版印刷株式会社
装丁者――高橋雅之

幻冬舎時代小説文庫

ISBN978-4-344-43339-7　C0193　い-25-15

この作品は書き下ろしです。